Hermanas y DESCONOCIDAS

SUSANA QUERO DE TOSINI

Quero de Tosini, Susana
Hermanas y desconocidas / Susana Quero de Tosini. - 1a ed. - Córdoba :
El Amanecer, 2018.
178 p. ; 20 x 14 cm.

ISBN 978-987-3636-04-2

1. Narrativa Argentina. 2. Novela. I. Título.
CDD A863
Hermanas y desconocidas

1ª edición

Tucumán 351 - (X5000JSG) Córdoba - Argentina

Tel/Fax (0351) 4237903

Whatsapp 351 5126994

Diseño de Tapa: *Natali Cossutta*

Corrección y diseño de Interior: *Ediciones BARA*

EdicionesBara ✉ *ediciones bara@gmail.com* ▢ *351 5576318*

Contenido

DEDICATORIA

Dedico este libro a mi hermosa bisnieta
Sherina, que, aunque en este momento tiene
solamente un añito, su llegada a este mundo
me hizo renovar mis fuerzas.
Y deseo que cuando crezca
se acuerde de su bisabuela que la esperó
con tanto cariño.

Escribo este libro a pedido de jóvenes que reclaman alguna novela, como mis dos primeros libros. Como digo en uno de ellos, lo hago para satisfacer la demanda que existe de libros para jóvenes que, además de una historia bonita, tenga contenido espiritual que los ayude a valorar la vida cristiana y a entender que la santidad no es una opción, sino un deber de gratitud hacia Aquel que tanto hizo por nosotros.

Cuando escucho los comentarios que algunos creyentes me hacen, como: "No podía dejar de leer su libro", o "Me quedé hasta las cuatro de la mañana leyendo su libro"; siempre pienso qué pueden contener mis libros para que comenten algo así. Solamente puedo decir que llevo un peso muy grande desde el día en que el Señor me habló a través de la parábola de los talentos de Mateo 25, versículo , donde después que el Señor le pide cuentas del único talento que le había dejado al último siervo, él le contesta: "Tuve miedo, y fui y escondí tu talento en la tierra, aquí tienes lo que es tuyo" (Mateo 25:25). A lo que el Señor le responde: "Siervo malo y negligente (…) debías haber dado mi dinero a los banqueros, y al venir yo, hubiera recibido lo que es mío con los intereses" (Mateo 25:26).

Mi profesora de secundaria siempre me decía que tenía talento para escribir, pero yo pensaba que era simplemente un comentario, hasta que leí esa parábola y, aunque ya la había leído muchas veces antes, el Señor tocó mi corazón y sentí el peso de llevar ese talento a sus pies, para que Él recibiera, aunque sea, como lo dice allí, los intereses de ese talento.

Sé que el Señor es el que ha hecho que mis libros tengan como resultado que personas entregaran su vida a Cristo, que otros volvieran a los caminos del Señor y otros dejaran vicios y costumbres que tenían arraigadas. Soy consciente de que es imposible que hayan sido mis palabras las que consiguieron esos resultados, pero también creo firmemente que la Palabra del Señor, vertida en las páginas, es, como dice Hebreos 4:12, una "espada de dos filos que penetra hasta partir el alma (…) y discierne los pensamientos y las intenciones del corazón".

Espero que el presente libro, no sirva solamente para entretener, sino que nos haga reflexionar sobre la vida espiritual que estamos llevando, para gloria y honra de Aquel que pronto viene a buscarnos.

Con amor…

Susana Quero de Tosini

CAPÍTULO 1

Alfred y Judith

lfred va llegando a su hogar en Dortmund, Alemania. En su rostro se trasluce el cansancio propio de un jornal de doce horas ininterrumpidas. Trabaja en una de las fábricas de aluminio, en la que la mayoría de los hombres no quiere hacerlo por los gases tóxicos que despide dicho material. Pero es el único recurso que tiene para mantener su matrimonio y no se puede dar el lujo de desaprovecharlo.

Camina despacio. Cuando divisa la vivienda que habita con su esposa desde hace dos años, su rostro cambia de expresión y dibuja una sonrisa. No quiere que Judith, su esposa, se preocupe. Llega y abre el pedazo de puerta que guarda la vivienda. Todo el barrio es de casas semidestruidas por los bombardeos de la guerra. La suya es una de las que todavía, en parte, puede ser habitada. Al escuchar sus pasos, su esposa corre a recibirlo. Alfred mira a su amada en avanzado estado de gravidez.

-Hola, mi amor. –La saluda, con un fuerte abrazo-. ¿A qué te dedicaste en este día?

-Estuve tejiendo un saquito para nuestro bebé –le contesta Judith, mientras señala su abultado vientre–. Ya falta muy poco para que nazca…

-Sí, ya lo sé… -Alfred abraza nuevamente a su esposa mientras contempla el cuarto. Las paredes con grandes grietas, los pocos muebles desvencijados, las ventanas apuntaladas. Todo el ambiente demuestra el paso de los bombardeos de la guerra. "Cómo quisiera darle algo mejor" –piensa, mientras algunas lágrimas surcan su rostro.

Al sentir la humedad en su espalda, Judith se separa un poco:

-Alfred –le dice con cariño, intuyendo los pensamientos de su esposo–. No quiero que te pongas mal… esta casa nos ha servido de vivienda hasta ahora y sé que lo seguirá siendo hasta que el Señor decida lo contrario.

Alfred admira el optimismo de su esposa, pero no puede evitar su temor:

-Hemos soportado todo esto hasta ahora –le advierte con cariño–. Pero dentro de poco seremos tres…

-Donde viven dos, pueden vivir tres –contesta Judith con una sonrisa y tomándolo de la mano, lo lleva hasta un cuarto contiguo, en las mismas condiciones–. Para que dejes tus pensamientos negativos, te hice una sopa de verduras, como a ti te gusta…

Alfred hace una mueca, parecida a una sonrisa y se sienta en un cajón, que sirve de silla, alrededor de una tabla, apoyada en cuatro hileras de ladrillos, que sirve de mesa. Su esposa se dirige a un rincón, donde un anafe enlozado, bastante deteriorado, les sirve de cocina, destapa una jarra y sirve la "sopa de verduras" en una taza de aluminio que alcanza a su esposo con una sonrisa.

-¡Cambia esa cara, por favor! –Judith lo mira preocupada–. ¿Qué te pasa hoy que no consigo que cambies de actitud?

Alfred revuelve su sopa, sin levantar la vista. Hace días que se ha enterado de la triste noticia que lo preocupa, pero no quiere que su esposa lo sepa, debido a su estado.

Como ha quedado en silencio, Judith se anima a preguntarle:

-¿Qué pasa, mi amor? –toma la mano de Alfred entre las suyas, mirándolo a los ojos–. Necesito saberlo, si no, me preocupo peor…

Su esposo levanta la cara. Con ojos vidriosos por las lágrimas, le contesta:

-No te lo quería decir… Pero ya comenzaron a demoler las casas de este sector de la ciudad… Dentro de poco le tocará a la nuestra –abraza a su esposa que está parada a su lado–. ¿Dónde iremos entonces? ¿Qué será de nuestro bebé? –esconde su cara en los pliegues de la pollera femenina.

Judith acaricia suavemente los rizos rojizos de la cabeza de su esposo, que contrastan con su largo cabello negro, recogido en una trenza, mientras piensa las palabras que servirían de consuelo en ese momento. Por más que lo desea, no encuentra el modo de animarlo. Hace una ferviente oración en el silencio de su corazón: "Señor, por favor, no nos desampares".

Se quedan un rato en silencio. Luego Alfred toma su taza y comienza a beber la sopa:

-Si mi padre no me hubiera desheredado, podría en este momento darte otra vida…

-De eso ya hablamos muchas veces. –Judith levanta un poco la voz y se sienta frente a él-. ¡No podías negar al Señor!

-Ya lo sé… Pero lo peor para él fue que renunciara al partido nazi…

-Y te casaras con una judía… -agrega su esposa–. Aunque habías recibido al Señor y renunciado al nazismo, todavía te dejaba trabajar en sus fábricas… Pero cuando me elegiste…

-Te amo demasiado –la interrumpe Alfred, mirándola con una ternura inmensa-. ¡No podría vivir sin ti!

-Yo tampoco, mi amor, pero eso te costó que tu padre te obligara a renunciar a tu trabajo– y bajando un poco la voz, agrega–. Quizás lo mejor hubiera sido que volviera con mis padres a Israel…

-¡Ni lo pienses…! –Alfred se levanta y abraza intensamente a su esposa–. Mi vida no tiene sentido si no te tengo… ¡Por favor! No menciones esa posibilidad nunca más…

Siguen abrazados un buen rato y poco a poco se tranquilizan. Esas circunstancias ya las vivieron muchas veces desde que decidieron casarse, y, como siempre, ninguno de los dos le encuentra solución. Pero ahora se les complica con la noticia que se está demoliendo esa parte de la ciudad. ¿Dónde irán a vivir si destruyen su vivienda? Muchas familias han sobrevivido en ese barrio, a pesar de los derrumbes que varias veces han sufrido esas casas. La mayoría son extranjeros que no tienen otra posibilidad, debido a que el gobierno los ha discriminado por no pertenecer al partido nacional. Aunque la guerra ha terminado hace muchos años, todavía los alemanes se muestran orgullosos de pertenecer a una raza "superior" y no toleran a los que tienen otro pensamiento.

Alfred y Judith consiguieron una de las casas que estaba en mejor estado. ¡Por lo menos ha resistido el paso del tiempo, sin más deterioros que los que ya tenía! Además, ella, con pocos recursos y mucho ingenio, ha logrado que luzca bonita, a pesar de todo.

-Por favor, Alfred –pide Judith-. ¿Me puedes traer un poco de agua para lavar los cacharros?

El joven corta sus pensamientos:

-¡Oh, sí…! ¡Por supuesto! –se levanta y, tomando un balde, sale a lo que en otro tiempo debió ser un patio. Abre la única canilla de la casa, llena el recipiente y se lo alcanza a su esposa. En pocos minutos Judith lava la "vajilla" y luego calienta un poco de agua:

-Vamos a bañarnos para descansar. Debes haber tenido un día muy duro– extiende la mano a su esposo y, muy abrazados, como siempre, se dirigen hacia otra habitación. Es la menos deteriorada y la que eligieron como dormitorio, ya que difícilmente pueda derrumbarse.

Al poco tiempo, después de bañarse y pronunciar una oración, los dos descansan. El cansancio permite a Alfred conciliar pronto el sueño. Cuando Judith comprueba que su esposo está profundamente dormido, hace lo propio.

CAPÍTULO 2

Una gran sorpresa

Al día siguiente, antes de llegar a su hogar, Alfred pasa a visitar a la pareja que está a cargo de la pequeña congregación donde ellos asisten.

-¡Alfred! –exclama Thomas, franqueándole la puerta de entrada–. Pasa, por favor… -y levantando un poco la voz, llama a su esposa-: Krista, llegó Alfred.

Al momento aparece una mujer de cabello rubio y ojos muy azules:

-¡Bienvenido, hermano! –termina de secarse las manos en un delantal que cuelga de su cuello y saluda al recién llegado-: ¿Cómo está Judith? –pregunta con interés.

-Ella está bien, pero… -se detiene, indeciso.

Thomas lo toma del hombro y se sientan. Alfred mira a su alrededor: Esa casa es totalmente distinta a la suya. Está construida de material y, aunque no tiene grandes lujos, no se puede comparar al lugar donde vive con Judith. Su esposa se esforzó en hacerla lucir bonita, pero el paso de los bombardeos es evidente.

El matrimonio tiene los ojos fijos en Alfred, esperando que les diga el motivo de la preocupación que se trasluce en su rostro.

-Ya estamos en febrero –comienza a decir el joven visitante–. Y, según tus cálculos, es el mes que Judith dará a luz nuestro bebé…

El joven pastor entiende de inmediato lo que siente su amigo:

-No te preocupes, Alfred, yo atenderé a tu esposa –y frotándole el hombro, agrega–: Quisiera poder llevarla al hospital, pero, como sabes, ya no ejerzo la medicina allí. Cuando les dije que era cristiano, buscaron cualquier pretexto para expulsarme –y viendo que la expresión de Alfred no cambia, lo anima–: Pero sigo siendo médico… y Krista enfermera, así que no te preocupes…

Alfred sonríe apenas:

-Yo no puedo darme el lujo de no ir a trabajar y Judith queda sola todo el día. Tengo miedo de que se enferme y no tenga nadie a su lado…

En ese momento aparecen dos caritas rubias. Krista les hace señas con la mano y desaparecen en el interior.

-Nuestros hijos están deseando conocer el bebé que saldrá del vientre abultado de Judith –explica entre risas. Alfred apenas sonríe.

-Para que te quedes tranquilo, traeremos a Judith aquí para que no esté sola. –El rostro del joven esposo se ilumina.

-¿Podrían hacer eso? ¡Cuánto se los agradezco!

-Somos una gran familia –interviene Krista muy animada–. El Señor dice que nos tenemos que ayudar unos a otros.

-Pero ustedes tienen solamente dos habitaciones.

-No te preocupes, los chicos estarán muy contentos de dormir aquí –señala el lugar donde están en ese momento–. Aunque es el comedor, por unos días puede servir de dormitorio para esos dos que se están asomando por la puerta.

Al ser descubiertos, los chicos aparecen nuevamente en la habitación.

Bianka sube a la falda de su madre, que la sostiene por la cintura.

-¿El bebé de Judith nacerá aquí? –pregunta la niña entusiasmada.

-Sí. Nuestros padres dijeron que van a traer a la señora Judith aquí –interviene Peter, el hermano mayor, de aproximadamente 6 años–. Es obvio que el bebé nacerá en nuestra casa –explica con suficiencia.

-Bueno, no se peleen. -Krista deposita su hija en el suelo–. Ahora, vayan a jugar…

Los niños salen corriendo, cantando alborozados.

-Mañana mismo iremos a buscar a Judith. –Krista sonríe ampliamente–. No te preocupes más. Entre Thomas y yo la atenderemos. Aunque ejercemos solamente de manera particular, todavía tenemos nuestros conocimientos. Además, no será el primer parto que atendamos –termina con una carcajada, que es acompañada por los dos hombres.

Alfred se levanta dispuesto a retirarse. Thomas lo toma del hombro:

-Antes que te vayas, quisiera que oráramos…

Sus acompañantes asienten en silencio e inclinan sus cabezas en señal de reverencia.

Al terminar, Alfred saluda a los esposos sonriendo:

-No se imaginan el peso que me quitan…

Con una amplia sonrisa, se retira.

Cuando llega a su hogar, transmite la noticia a su esposa, que la recibe contenta:

-Prepararé una caja con la ropita que le hice a nuestro hijo.

Al día siguiente se produce el traslado a la vivienda de los pastores. Cuando Krista ve la poca ropita que contiene la caja que preparó Judith, sin decirle nada, habla con algunas hermanas de la iglesia y reúne algunas cosas más. Para no avergonzar a su amiga, las guarda en otra habitación.

Al volver al comedor, su esposo le dice preocupado:

-¿Viste el vientre de Judith? Esa criatura debe ser muy grande…

-Sí… Me di cuenta… pero, ¿cuál es el problema?

-Si Judith no puede dar a luz normalmente, tendremos que hacerle cesárea…

Krista se lleva las manos a la boca:

-¿Aquí?

-Sabes que no podemos llevarla al hospital… Judith es judía y…

-Evangelista –concluye la esposa–. Entonces, ¿qué hacemos?

-Tendremos que atenderla nosotros… -Thomas frota sus

manos en el cabello–. Sé que es riesgoso, pero no tenemos otra alternativa…Por las dudas, voy a preparar el bisturí…

-Yo voy a esterilizar los apósitos y gasas… -Recién en ese momento Krista se da cuenta del riesgo que corren ante la posibilidad de una cesárea. Una casa de familia, no es el lugar indicado para una operación-. ¡Señor, por favor…! ¡Te necesitamos más que nunca…! –ora dirigiéndose a otra habitación.

Pasa una semana y, como ese día Judith no se ha reunido con ellos para desayunar, Krista va a la habitación de su amiga.

-¿Puedo pasar? –pregunta despacio, abriendo apenas la puerta de la habitación. Al instante advierte el susto en la cara de su amiga y corre a su lado-. ¿Qué pasa Judith? ¿Te sientes mal?

-Creo que mi hijo quiere nacer… -explica la joven con gestos de dolor.

Krista sale corriendo de la habitación y llama a su esposo:

-Thomas, ya viene el bebé.

El pastor deja inmediatamente el café que está bebiendo y corre para acompañar a su esposa. Se sienten los quejidos de Judith que se retuerce de dolor. Thomas la revisa y hace señas a su esposa:

-Ya viene… Trae los instrumentos…

Krista obedece inmediatamente y prepara las cosas temblando ante la posibilidad de que las sospechas de su esposo se cumplan…

Una hermana de la iglesia llega para averiguar cómo sigue el embarazo de Judith, pero al ver el movimiento en la vivienda, sale corriendo a avisar a otras hermanas de la iglesia. Al poco tiempo seis de ellas se encuentran paseando por el comedor, nerviosas.

Se oyen algunos quejidos y al poco tiempo, el llanto de un bebé.

-¡Ya nació! –exclaman gozosas. Algunas lloran de alegría y otras se dejan caer en los sillones.

Thomas mira a la reciente mamá, mientras se lava las manos:

-Te felicito… Te portaste muy bien… Creía que me ibas a dar más trabajo… -En silencio, se dirige al Señor-: "Gracias por contestar mis oraciones" -suspira aliviado.

Pasa muy poco tiempo y aparece Krista en el comedor, con un bebé en sus brazos.

-Es una nena preciosa… -explica, mientras mira a la recién nacida con ternura.

Las demás mujeres corren a ver la beba y se escuchan exclamaciones y suspiros.

De pronto, sienten nuevamente quejidos que vienen del interior. Krista deja la criatura en manos de una hermana y corre a la habitación. En el momento de llegar, comprueba que su esposo está recibiendo otro bebé en sus brazos.

-Son gemelas –explica el médico, mientras termina de atender a Judith.

-¿Cómo sabes que son gemelas? Pueden ser mellizas…

-Amor –explica Thomas– tiene una sola placenta… -y mirando a su esposa, agrega–: Esto explica su vientre tan abultado… ¡Eran dos criaturas!

Krista mira a su esposo y afirma con un movimiento de cabeza, mientras suspira, aliviada. Toma la otra beba en sus brazos. La limpia, la viste y se dirige nuevamente al comedor.

Al verla aparecer con otro bebé en los brazos, las mujeres se llegan hasta ella, intrigadas.

-Judith y Alfred han tenido gemelas… -explica la esposa del pastor, llorando- ¡Menos mal que reunimos más ropita! ¡Las vamos a necesitar!

-¡Tenemos que avisarle a Alfred! ¡Es el padre! –exclama una de ellas– ¿Cómo lo podemos hacer?

Krista piensa un momento:

-No hay manera de hacerlo… La fábrica donde trabaja Alfred está al otro extremo de la ciudad… - Queda un momento en silencio-. Además, aunque lográramos comunicarnos por teléfono, no le van a avisar… Tendrá que enterarse cuando llegue esta tarde… -Al ver la desilusión de sus amigas, las anima–: No se preocupen… Cuando se entere que es padre de gemelas… Se va a alegrar doblemente… –termina riendo.

Las demás ríen contagiadas:

-¿Podemos pasar a ver a Judith? –pregunta una de ellas.

-Voy a comprobar si Thomas terminó con su tarea. –Krista se pierde en el interior de la vivienda y al momento, vuelve a aparecer.

-Pasen… Saluden a Judith, pero sean prudentes… -les advierte–. Acaba de dar a luz y debe estar cansada…

Las mujeres asienten en silencio y se dirigen al dormitorio donde está la reciente mamá.

Peter y Bianka espían desde la puerta entreabierta. Están

ansiosos por conocer a las gemelas, pero no quieren entrar. Krista los ve y los llama:

-Vengan a conocer a sus amigas…

Los niños entran corriendo y abren grandes sus ojos, admirados al ver las caritas rosadas de las bebas.

-¿Puedo cargarlas? –pregunta Bianka, ansiosa.

-Eres muy chiquita para las dos, pero… -Thomas sienta a su hija en la cama–. Puedes tener una a la vez.

La nena se acomoda y recibe a una de las bebas en sus brazos, orgullosa de poder hacerlo.

Las mujeres de la iglesia se van retirando. Cuando ya están a solas, Krista pregunta:

-¿Qué te preocupa, Judith? Aunque las bebas tienen poco peso… ¡están perfectamente! –mira a su amiga intrigada-. ¿Te duele algo?

La joven madre sonríe:

-No… Thomas ya me dijo que las bebas están bien… Pero yo preparé ropa para una…

Advirtiendo cuál es la preocupación de su amiga, Krista se retira y vuelve con una caja:

-Las hermanas de la iglesia ayudaron con ropa que consiguieron… Algunas tendremos que lavarlas, pero la mayoría nos va a servir…

Judith llora de alegría:

-¡No sé cómo les voy a agradecer este gesto tan hermoso! –comienza a sacar las prendas y cada una de ellas le produce una exclamación de asombro o un suspiro.

-Gracias Krista… -abraza a su amiga llorando.

Una de las bebas comienza a llorar. Judith la acuna en sus brazos.

-No creo que eso la calme… Debe tener hambre… -acomoda la beba para que su madre la amamante.

Judith no se cansa de mirar y acariciar la carita de su hija.

El día pasa volando. Cuando ya ha anochecido, aparece Alfred con su mochila al hombro. Ni bien penetra en la vivienda, por los sonrientes rostros con que lo reciben, se da cuenta de lo que ha ocurrido y corre a la habitación donde descansa su esposa. En ese momento, Judith amamanta a una de las bebas. Como la otra duerme en el otro extremo de la cama, Alfred no se da cuenta de su presencia.

-Mi amor… -saluda a su esposa con un beso-. ¿Cuándo nació? ¿Es nena o varón? ¿Cómo estás? ¿Sufriste mucho? –Las preguntas se atropellan.

Judith ríe divertida:

-Una pregunta a la vez, por favor… Estoy bien… Nacieron a las diez de la mañana, más o menos…

Alfred cree haber oído mal y pregunta:

-¿Cómo que "nacieron"?

Judith señala la otra beba que está dormida en el otro extremo de la cama:

-Son dos –explica–, y son nenas…

Alfred mira una y otra vez la beba que tiene su esposa en brazos y a la otra que está durmiendo:

-Pero… -comienza a decir, cuando entra Thomas.

-Judith se portó muy bien… -y al ver que su amigo no reacciona, lo toma del hombro-. Alfred, eres padre de gemelas…

El joven esposo se tapa la cara llorando. No lo puede creer. Thomas frota su espalda, animándolo.

-Por lo menos abraza a tu esposa… -le dice.

Alfred levanta su cara mojada por las lágrimas y abraza efusivamente a Judith:

-Perdóname, mi amor… La noticia me dejó helado. –La besa una y otra vez, acariciando su rostro.

Cuando pasa la primera emoción, su esposa le alcanza la beba que tiene en sus brazos:

-Empieza a conocer las personitas que no te dejarán dormir por un tiempo –dice entre risas y lágrimas.

Alfred toma su hijita como si fuera un jarro de porcelana. La mira una y otra vez. La acaricia y besa su frente. Está tan emocionado que no advierte que Judith ha tomado la otra beba:

-Conoce también la otra –le dice, mientras la acomoda en el otro brazo de su esposo.

Alfred está tan extasiado, mirando a sus hijitas, que no articula palabra por un rato. Los demás lo contemplan conmovidos. De repente exclama:

-¡Son idénticas! ¿Cómo vamos a reconocerlas?

Judith ríe divertida:

-Una es quieta y dormilona, y la otra muy movediza… ¡Las vamos a reconocer fácilmente! –queda un momento en silencio y agrega–: Además, ésta tiene un lunar bastante grande en su nuca –da vuelta a la beba y le muestra a su esposo el mioma.

-Tendremos que reconocerlas mirándolas desde atrás –dice su esposo soltando una carcajada.

Los demás acompañan su alegría.

-¿Ya pensaron qué nombre les van a poner? –pregunta Krista más seriamente.

Los esposos intercambian una mirada. Alfred está tan desconcertado que no atina a decir nada. Judith, más calmada, contesta:

-No tendremos problema con sus nombres, porque si era varón, teníamos uno sólo que nos gustaba a los dos, pero de nena no nos poníamos de acuerdo. A Alfred le gustaba Liese y a mi Wanda… Ahora no tendremos ese problema, porque son dos y podemos darnos el gusto ambos. –Judith termina con una carcajada que es acompañada por los demás.

CAPÍTULO 3

¿Por qué no vuelven?

Liese y Wanda juegan entretenidas sobre una frazada que su madre ha colocado sobre el piso. Cuando Alfred llega del trabajo, Judith lo recibe, como todos los días, con un fuerte abrazo y un beso.

-¿Cómo te fue hoy, mi amor? –le pregunta, interesada.

-Como todos los días… -contesta Alfred, mientras mira detenidamente a las gemelas en el suelo-. ¿De nuevo vinieron mis padres a llevarlas de paseo?

Judith afirma con un movimiento de cabeza.

-Les compraron más juguetes…

Alfred mueve la cabeza mientras deja su mochila en el suelo.

-No quiero pensar mal, pero es muy extraño que mis padres se interesen tanto en ellas…

-No seas desconfiado –le reprocha Judith–. Gracias a ellos tienen sus cunitas, sus andadores y muchos juguetes… Aunque Franz nunca baja de su automóvil , cuando Greta las lleva tiene una enorme sonrisa… Inclusive hoy, mientras las acomodaba en las sillitas del automóvil, me di cuenta que tenía los ojos llorosos.

Alfred no dice nada por un rato. Judith, al ver el gesto de desconfianza en la cara de su esposo, prosigue:

-Las gemelas cumplirán un año dentro de poco y si no hubiera sido por tus padres, nosotros no habríamos podido darles lo que ahora están gozando…

-Sí… Lo sé… -Albert baja la vista–. Yo no les hubiera podido dar nada de esto…

Judith advierte el desencanto de su esposo e interviene:

-Por favor, Albert, no te sientas mal… No lo dije como reproche… -al advertir los ojos vidriosos del joven, lo abraza y besa nuevamente–. Mi amor… Ya sabes lo que pienso… Las nenas terminarán ablandando el corazón de su abuelo… Lo que nosotros no hemos conseguido, ellas lo lograrán…

-Espero y deseo que sea así… -Alfred se separa un poco y mira a su esposa–. Yo conozco a mi padre… No solamente es severo al máximo, sino también orgulloso y no se quiere doblegar ante nada…

-Pero hasta ahora nunca había sido abuelo…

-Sí… Por supuesto… -El joven se frota la frente con una mano-. ¡Ojalá tengas razón!

Wanda se acerca gateando y le estira los bracitos. Alfred la levanta y la abraza:

-¿Cómo está mi princesita? –La nena sonríe y balbucea algo parecido a "papá", lo que emociona a su padre–. Creo que dentro de poco vas a hablar… ¿Quién te va a aguantar entonces? –ríe divertido sin dejar de traslucir su satisfacción.

-¿Te acuerdas cuando me decías cómo las íbamos a distinguir? –pregunta Judith, contagiada por la risa de su esposo-. Mira: Liese sigue jugando en el mismo lugar, mientras Wanda ya ha gateado por toda la casa -Toma en brazos a su hijita y la para en el suelo–. Vamos, Wanda, demuéstrale a papá que ya sabes caminar… -La nena da unos pasitos indecisa y se sienta.

-¡Ya camina! Y tiene apenas diez meses… ¡Qué hermoso! –Alfred no cabe en sí de su alegría.

-Gracias al andador que le regalaron sus abuelos… -Liese, todavía permanece sentada jugando, pero al advertir que su padre está mimando a su hermana, estira también sus bracitos.

Alfred la alza y le dice:

-Tú también vas a caminar pronto, mi amor… -La abraza y besa repetidas veces. La nena asienta su boquita en el rostro del padre, como si le diera un beso, lo que enternece al joven–. Eres más tranquila que el terremoto de tu hermana, pero te quiero igual que a ella… ¡Son preciosas las dos!

La deposita nuevamente en el suelo, mientras es atropellado por el andador de Wanda que lo empuja desde atrás.

-El andador es para caminar en él, no empujarlo así… -levanta a su hijita y la pone adentro del mismo.

-No sé qué es mejor… -interviene Judith riendo–. Cuando está dentro del andador, corre y se lleva todo por delante…

Alfred acompaña la risa de su esposa y se pierde en el interior de la vivienda.

Pasan los días y los abuelos vienen todas las semanas a buscar sus nietas. Para Judith ya es habitual preparárselas. Como ahora tienen bastante ropa, puede darse el lujo de vestirlas adecuadamente. Lo que no ha cambiado es la blusita que les ha cosido y bordado con sus nombres. Es la primera prenda que les pone siempre.

Un día, al venir a buscarlas, Greta le pide si le puede dar los documentos de las nenas. Explica que las llevarán al zoológico en otra provincia y los van a necesitar. Judith se los entrega con bastante desconfianza. Esa noche las traen más tarde que de costumbre, pero antes de que vuelva Alfred de la fábrica. Como no le esconde nada a su esposo, Judith le cuenta lo que ha pasado ese día:

-Al principio tuve desconfianza –comenta Judith seriamente–. Pero gracias al Señor que no pasó nada…

Alfred no dice nada, pero mueve su cabeza en señal de duda.

Alrededor de un mes más, los paseos siguen. A esta altura Wanda ya camina y Liese empieza a dar sus primeros pasitos.

-Dentro de poco cumplirán un año –comenta Judith, cuando llega su esposo–. Las hermanas de la iglesia están preparando una pequeña fiestita… Todos son tan buenos con nosotros…

-Las gemelas se han ganado el corazón de todos.

Judith acompaña la risa de su esposo.

Falta una semana para el cumpleaños y, como siempre, los abuelos vienen a buscar sus nietas. Esta vez Greta vuelve a pedirle a Judith los documentos de las gemelas.

-Las llevaremos a Berlín para que elijan sus regalos de cumpleaños –explica, mientras alza a Liese y la acomoda en su asiento.

Judith busca los documentos y cuando se los alcanza, le llama la atención la manera cómo llora Greta al acomodarlas en sus sillitas del asiento de atrás del automóvil. Se llega y la ayuda con los cinturones de seguridad. Franz permanece al volante sin dirigirle la palabra, como siempre. Antes de emprender el viaje, Greta abraza a Judith y se apresura a introducirse en el vehículo, que parte inmediatamente. La joven queda un rato mirando el automóvil que se aleja y la estela de tierra que deja a su paso.

Pasan las horas y cuando vuelve Alfred, encuentra a su esposa llorando.

-¿Qué pasó, mi amor? –El joven abraza a Judith, sintiendo las convulsiones de su llanto.

-No sé… -comienza a decir su esposa–. Hoy vinieron tus padres como todas las semanas, a buscar las gemelas… Me pidieron sus documentos porque dijeron que las llevarían a Berlín para comprarles sus regalos de cumpleaños…

Alfred ayuda a su esposa a sentarse. En su interior siente un desasosiego inexplicable.

-¡Cálmate, por favor, mi amor! Cuéntame qué pasó… -limpia el rostro de Judith con un pañuelo, mientras la acaricia con ternura.

Judith se tranquiliza un poco y lo mira con su vista nublada por las lágrimas.

-No pasó nada especial… Pero mira la hora que es y todavía no las traen… Nunca se demoraron tanto… Además…

-¿Además qué? –Alfred comienza a impacientarse.

-Me extrañó cómo lloraba tu madre mientras acomodaba las gemelas en las sillitas… Y antes de irse, me abrazó de una manera extraña… Nunca antes había hecho eso…

Alfred siente que sus entrañas se contraen, pero no quiere trasmitirle sus dudas a su esposa. Siempre desconfió de la amabilidad de sus padres. Especialmente del cambio, para él aparente, de su progenitor. Abraza a Judith y le frota la espalda.

-No te preocupes, mi amor, seguramente van a llegar enseguida… -dice eso sin ninguna convicción.

Judith, todavía en brazos de su esposo, le ruega:

-Por favor, Alfred… Vamos a orar… Necesito dejarle esta carga al Señor…

Su esposo asiente y se dirigen al dormitorio, cayendo de rodillas. Oran ambos fervientemente y se tiran en la cama, abrazados. Aunque está muy cansado, Alfred no puede conciliar el sueño, comprobando que a Judith le pasa lo mismo. Esa noche se les hace interminable. Cuando está amaneciendo, el joven se levanta y, como se ha acostado vestido con su ropa de trabajo, se lava un poco la cara y va en busca de su mochila.

-Por favor, Señor… Acompaña a Judith y… -No puede concluir su oración porque se le quiebra la voz.

Un grave accidente

Al cabo de una semana, cuando Alfred vuelve del trabajo, antes de dirigirse a su hogar, pasa por la casa de los pastores. Thomas lo recibe con una sonrisa, pero al ver el gesto de preocupación de su amigo, lo guía hasta su escritorio:

-¿Qué te preocupa, Alfred? –le pregunta, interesado.

En pocas palabras el visitante le cuenta lo que ha sucedido.

-No quiero llegar a mi hogar –dice el joven, casi llorando–. Veo el rostro de Judith, con sus ojos hinchados de tanto llorar y me desespero… No sé qué hacer… A quién ir… -Se tapa el rostro con ambas manos y suelta el llanto.

Thomas deja que su amigo se desahogue, mientras frota su espalda, compadecido de su dolor. Él tampoco encuentra qué hacer. Su mente trabaja aceleradamente pensando en alguna solución.

-¿Hablaste a la fábrica de tu padre para saber dónde pudo haber llevado las nenas?

Alfred levanta su rostro mojado por las lágrimas:

-Intenté hablar por teléfono desde una cabina, pero no me dieron ningún dato. Inclusive cortaron la comunicación. Yo sé que mi hermana Erna habrá prohibido al personal que hable conmigo. Ella es una digna hija de su padre…

Thomas se pone de pie:

-Mañana mismo voy a ir a Berlín… Alguien tiene que saber dónde fueron tus padres… A mí no me conocen y no sospecharán…

El rostro de Alfred sigue demostrando sus dudas:

-¡Ojalá tengas suerte! Pero conociendo a mi hermana, no lo creo. Mi padre habrá dejado órdenes estrictas… -y con su mirada perdida, agrega–: Yo desde un principio tuve dudas… o presentimientos… pero Judith estaba ilusionada pensando que las gemelas iban a ablandar el corazón de su abuelo…

Thomas guarda silencio por un rato:

-Por lo menos, lo voy a intentar… -dice, no muy convencido–. Ya veré la manera de averiguar algo… Por ahora, solamente nos queda orar… El Señor no desampara a sus hijos… -se arrodilla al lado de la silla. Alfred hace lo propio. Thomas eleva una ferviente oración. Su amigo, apenas articula:

-Señor… Ten compasión de nosotros… Por favor, Señor…

Ambos amigos se abrazan y Alfred se retira rumbo a su hogar. Cuando va llegando, aminora la marcha. No sabe qué le dirá a su esposa. En ese momento debe ser fuerte para apoyarla en su dolor, pero no sabe cómo sacar fuerzas, ya que él también está destruido.

Cuando llega, Judith lo mira, preguntándole en silencio si tiene novedades, pero al ver la desilusión en el rostro de su esposo, corre a abrazarlo. Ambos lloran un rato y, sin decir nada, se disponen a cenar. Alfred revuelve la comida, sin llevarse nada a la boca. Su esposa lo imita, sin quererlo. Los dos han perdido el apetito. Ya nada los satisface.

Mientras tanto, al otro lado del mundo, Franz y Greta van cruzando la Cordillera de los Andes, en un coche alquilado.

Comienza a nevar y cada vez se hace más dificultoso transitar.

-En la frontera, los carabineros nos dijeron que no nos convenía viajar con este tiempo –Greta habla asustada.

-¿Qué me iba a imaginar que en esta fecha del año pudiera nevar? –contesta su esposo, bastante nervioso.

-¿Te olvidas que estamos en otro hemisferio? En Alemania es el comienzo del verano, pero aquí del invierno… -queda callada un momento y agrega–: Ya viajamos demasiado… Del avión a los automóviles alquilados y luego, nuevamente el avión. ¿No te parece que ya es suficiente?

-No quiero arriesgarme a que Alfred llegue a tener alguna pista de dónde estamos…

-No entiendo tu empecinamiento…

Franz mira a su esposa de reojo, sin apartar totalmente la vista de la carretera:

-Lo único que puede hacer cambiar de idea a nuestro hijo son las gemelas… -y con voz airada, continúa–: Cuando lleguemos a Argentina, le hablaré por teléfono a Erna para que le comunique a Alfred que si no renuncia a su religión y se separa de su esposa, no verá más las gemelas… -Con sonrisa sarcástica, agrega–: Ya verás que sus hijas lo harán cambiar de opinión…

Greta mueve la cabeza. No comparte la decisión de su esposo, pero, conociendo su carácter, no se puede oponer.

-¿Qué será de Doris, al otro lado del muro? –pregunta, para cambiar de conversación.

-Tu hija se las arreglará, como hasta ahora… -contesta Franz, como al descuido.

-No me explico por qué sacaste a Carlos y no a Doris…

Su esposo la mira, moviendo la cabeza:

-¿Cuándo vas a entender que a Carlos lo necesitábamos en la fábrica? Es abogado y conoce de leyes… Cuando llegó a Alemania no sabía ni siquiera hablar el idioma. Erna es la que le enseñó y lo asesoró. Si no lo hubiéramos empleado en nuestra fábrica, seguiría siendo un pobre diablo…

-Pero él se enamoró de Doris…

-Y todo fue muy bien hasta que estalló la guerra y como Carlos estaba a cargo de la fábrica que tenemos allá, ambos quedaron del otro lado del muro… -pensando mejor, agrega-: ¡Menos mal que pudimos recuperar a Carlos…!

-Pero podrías haber liberado también a Doris… al fin y al cabo son esposos, ¿no?

-Ya hablamos de eso… -se calla un momento–. Erna prefería que volviera Carlos. Él era el único que sabía todo el movimiento de nuestras cuentas…

-Pero… -comienza a decir Greta, pero se calla.

-¿Qué querías? ¿Qué sacáramos a Doris para que se entere que su esposo la engañaba con su hermana?

-¡Pobre Doris! –exclama la mujer angustiada–. No se merece eso…

-Sabes que yo no opino lo mismo… -aclara Franz, sin apartar la vista del camino–. Ella, como su hermano, renunciaron al partido nazi por esa religión estúpida… -con gesto despectivo, agrega–: Mejor que se quede dónde está…

A esta altura ya nieva copiosamente. Apenas se puede ver el camino y el parabrisas se traba cada vez más con la nieve.

-Franz, por favor, detente… Ya no se ven las señales.…

-¡Cállate, mujer! Me pones más nervioso…

Wanda comienza a llorar. Greta se suelta el cinturón y se da vuelta para desatar a su nieta. La alza en sus brazos, pero antes de acomodarla en el asiento de adelante, el automóvil se desliza fuera de la carretera y cae en un precipicio. Da varios tumbos y se detiene, ruedas arriba, cubierto de nieve.

Muy cerca de donde el vehículo ha caído, una pareja de contrabandistas, escondidos en una cueva de la montaña, oyen el ruido del motor que ha quedado encendido.

-¿Oíste eso? –pregunta Bruno a su pareja–. Seguramente es otro tonto que se aventuró a viajar con este tiempo… -se asoma por la boca de la cueva y alcanza a divisar los faros encendidos del vehículo, a muy poca distancia de ellos–. Vamos a ver si hay sobrevivientes…

-Y de paso, veamos qué podemos sacarles… -dice Andrea, mientras se acomoda la campera y se coloca el pasamontaña y las antiparras. Bruno hace lo propio y salen luchando contra el viento y la nieve. Con bastante dificultad llegan al vehículo. Limpian con sus guantes el parabrisas incrustado en el suelo.

-Estos dos ya son finados… -comenta Andrea, mientras con una rama rompe los vidrios que quedaron sanos–. Veamos qué llevaban… Por el auto que conducían deben tener bastante "mosca"…

Bruno se desliza como puede, apaga el motor y revisa la gaveta:

-Eran extranjeros… Este dinero no sé de dónde es… -sigue hurgando y encuentra los documentos. Alumbrando con su linterna, intenta leer:

-¿En qué idioma está esto?

-No sé de dónde serán, pero tienen relojes carísimos y la vieja llevaba joyas de oro –Andrea mira los objetos sin disimular su codicia.

En ese momento, escuchan el llanto de un bebé. Se miran asombrados y Bruno se estira para ver de quién procede el llanto:

-Hay un chiquito en el asiento de atrás… -comenta, mientras trata de llegar a él.

Ambos forcejean un rato, pero no logran alcanzar a Liese que sigue llorando desconsolada.

-Está atascado en su sillita… -sale de abajo del automóvil y ordena a Andrea–: Yo voy a levantar todo lo que pueda el vehículo y vos que sos más flaca, tratá de sacar la criatura.

La joven obedece y mientras Bruno solivia el automóvil, ella se desliza y, con mucha dificultad, arranca el cinturón de seguridad de la sillita y arrastra la criatura hacia afuera.

Liese llora y hace pucheros, mirando con sus grandes ojos azules a la pareja de desconocidos.

Bruno alza al bebé y luchando contra el viento y la nieve, vuelve con Andrea a la cueva. La acerca al fuego, mientras su pareja se frota las manos para calentárselas.

-¿Cómo pudo sobrevivir con semejante "tortazo"? –pregunta Bruno desconcertado.

Andrea ríe divertida:

-Con toda la ropa que le pusieron, podría haberse salvado de un terremoto…

El hombre acompaña la risa, mientras alza a Liese en sus brazos, hamacándola para calmarla. Todavía ignoran el sexo.

-Debe tener hambre, pobrecito…

-¡Lo único que nos faltaba! –reniega Andrea, disgustada-. ¿De dónde pensás que podremos sacar leche para darle?

-Buscá en la mochila… Debe haber algo… -Bruno sigue hamacando a Liese y la acuesta en el suelo para comprobar si tiene heridas. Le saca un poco la ropita, sin desabrigarla demasiado.

Andrea hurga entre las pertenencias que llevan, hasta que escucha la exclamación de Bruno:

-¡Es una nena! –limpia el rostro de Liese que ya se ha calmado un poco-. ¡Y es preciosa!

-Es una "guacha" –comenta Andrea mientras sigue buscando en la mochila.

Bruno deja a Liese en el suelo, cubierta con su campera y va en busca de los documentos que ha sacado del vehículo:

-Aquí hay cuatro documentos… Dos deben ser de los viejos finados, pero estos otros dos, por la fecha de nacimiento, deben ser de dos criaturas… ¡Y tienen el mismo día de nacimiento! –exclama asombrado-. Quiere decir que son mellizas…

-¿Y cómo sabés eso?

-No entiendo nada de lo que aquí está escrito, pero las fechas y nombres son iguales en todos los países –sigue mirando los documentos–. Voy a dejar los de los viejos en el auto, para que cuando los encuentren sepan por lo menos quiénes son… -Vuelve a salir de la cueva y, luchando contra el viento y la nieve, llega hasta el automóvil y coloca los documentos en la guantera. Luego busca detenidamente en el asiento de atrás para ver si encuentra otra sillita, o restos de alguna otra criatura. No hay nada que lo haga sospechar que hubo alguien ahí. Vuelve a la cueva y toma nuevamente los documentos que quedan:

-Por los nombres eran dos nenas… -y con expresión desconcertada, agrega-: ¿Cuál será la que encontramos?

-¡Qué me importa cómo se llame! –Andrea ya encontró una leche en polvo y la está preparando.

-Por los nombres que tienen –aclara Bruno–. Una se llama Liese y otra Wanda…

-Parecen nombres de animales, no de nenas –la joven suelta una carcajada.

Bruno se contagia de la risa:

-Son extranjeros… Ellos siempre les ponen nombres difíciles… -y poniéndose un poco más serio, agrega-: ¿Cómo la vamos a llamar?

-¿Y eso qué importa? -Andrea le quita los documentos de la mano a Bruno-. Wanda es más fácil de pronunciar… Liese parece el nombre de un perro… -Mira atentamente y exclama:

-¡Si es la fecha que dice aquí, hoy cumplen un año!

Bruno le arrebata las libretas para comprobar lo que dijo su pareja.

-¡Es cierto! ¡Pobres criaturas, lejos de sus padres…!

-Vos siempre tan sentimental –se queja Andrea, mientras alza a Liese y comienza a darle la leche con una cuchara. La beba abre apenas su boquita, desconfiando, pero al probar el alimento, comienza a tragar desesperadamente. Bruno la observa conmovido:

-Tenía mucha hambre, pobrecita…

-Dejá los sentimentalismos y pensá qué vamos a hacer con esta guacha…

-Seguramente alguien la va a reclamar… Podemos pedir rescate… Se ve que eran gente de guita…

-Puede ser… -comenta Andrea preocupada–. Pero mientras tanto, ¿qué hacemos con ella?

-Ya pensaremos en algo… Por el momento, no podemos hacer nada con este temporal… -llega hasta donde está su pareja y levanta a la niña que ya ha terminado de comer y lo mira con sus grandes ojos.

-No te preocupes, mi princesa… No te vamos a abandonar…

Andrea mueve la cabeza, resignada y guarda la taza en la mochila.

-Por ahora, voy a dormir… -comenta mientras acomoda su bolsa en el suelo y se introduce en ella.

Bruno hace lo propio, pero mete a Liese a su lado. Aunque es bastante incómodo, sabe que es la única manera de que la nena soporte el frío de la noche.

Cuando amanece, continúan su viaje. El hombre, aparte de su mochila, bastante pesada, carga a Liese en brazos, cubriéndola con su campera.

Al llegar a la ciudad va a un kiosco y compra los diarios del día. Busca afanosamente algún dato del accidente, pero no encuentra nada. "Seguramente todavía no los encontraron. Había mucha nieve y desde la carretera no creo que se vea el vehículo", piensa.

Vuelve a la pieza donde vive con su pareja. Ella lo espera expectante:

-¿Y...? -Bruno mueve la cabeza negativamente. Andrea dice algunos improperios y alza la beba-. ¿Qué vamos a hacer con esta "guacha"?

-Por ahora voy a ver al Turco y entregarle lo que trajimos… -comienza a acomodar las cosas robadas en Chile.

-Si te dedicaras a la "merca", sacaríamos más…

-Sabés que no me voy a meter en esa "mafia". Si te pescan con algo robado, no tenés tanto tiempo de cárcel, pero sí lo hacen con "merca", lo más posible es que te "limpien".

Andrea sabe que es inútil discutir sobre ese tema con su pareja y se deja caer en una silla, sosteniendo la beba entre sus piernas. Le suelta una manito y se da cuenta de que ya camina. La deja libre y Liese da unos pasitos y cae sentada. Se queda así, mirando a la mujer con sus grandes ojos azules. Andrea la levanta y anima:

-Vamos, "guacha"… -toma una de sus manitas y la beba da otros pasitos y vuelve a sentarse–. Está bien, si así lo preferís… -Andrea deja a Liese sentada en el suelo y se sienta revisando nuevamente los diarios que ha traído Bruno.

CAPÍTULO 5

Aparición de Wanda

Cerca del lugar del accidente, hay un asentamiento mapuche. En la única casa de material, vive una familia. La esposa, Ivone, es una canadiense que vino a Argentina para trabajar de enfermera entre los nativos. Primero se instaló al norte, entre los Wichis, pero, como no soportaba el clima cálido del lugar, se trasladó a la cordillera, donde hay frío y nieve como en su patria. El esposo, Nehuén, tiene los ojos achinados, propios de su raza. Tienen dos hijos, el mayor, Eluney, igual a su padre, con rasgos típicos de su raza. El menor, Quimey, parecido a su madre, rubio y de ojos claros.

En ese momento, la madre prepara Apol (comida típica). El padre, en un rincón, talla madera. Sus hijos juegan con juguetes caseros como "automóviles" de lata, tirados con un piolín. Cuando se van a sentar a la mesa para cenar, escuchan los ladridos de uno de sus perros en la puerta.

-¡Es Pelusa! –exclama Quimey, el menor de los hijos.

Todos corren hacia la puerta y al abrirla, ven al San Bernardo, sentado al lado de un bulto que ha traído.

-Seguramente es una liebre que ha rescatado de la tormenta… -comenta Nehuén.

Ivone, a la que llaman Sayen (mujer de gran corazón), levanta el bulto, mientras dice:

-Es demasiado grande para ser un conejo…

Entran a la vivienda, seguidos por el San Bernardo y una perra Siberiana que siempre lo acompaña.

Cuando sacan el barro y las hojas del "paquete", se escucha una cuádruple admiración:

-¡Es una criatura!

Instintivamente Ivone asienta su mano en el cuello para verificar si tiene pulsaciones.

-¿Está muerto? –pregunta Nehuén mientras todos los ojos están fijos en la madre.

-Todavía tiene pulso… pero muy débil… -explica, Ivone mientras le saca la ropa mojada al bebé. Cuando lo termina de desvestir, exclama-: ¡Es una nena! -y sin más explicaciones, ordena–: Nehuén, trae agua caliente de la estufa… Quimey, alcanzame una manta… Eluney, agrega unos leños al hogar…

Sin decir palabra, todos obedecen, mientras Ivone termina de sacar la ropa a la criatura y la sumerge en el agua que preparó su esposo.

-Tiene hipotermia… -explica, preocupada. Todos los ojos la miran sin entender–. Está congelada… -aclara, sin más explicaciones. Frota suavemente el cuerpito casi sin vida y sus ojos se llenan de lágrimas–. Pobre angelito… ¿qué le habrá pasado?

-Ya calenté la manta, Sayen… -dice Quimey, extendiéndola cerca del fuentón donde Ivone sigue frotando la piel de la bebé-. ¿Qué hago ahora?

-Trae una toalla… La voy a secar para envolverla… -El niño corre, obedeciendo la orden y al momento alcanza a su madre el objeto que le ha pedido.

Ivone seca suavemente la piel de la beba y la envuelve en la manta, dejándole solamente la carita al aire. "No creo que viva", piensa preocupada, pero no dice nada. La alza y deposita en otra manta doblada que ya Quimey ha colocado al lado del fuego. Aunque su hijo no entiende mucho, se da cuenta que la beba necesita calor. Cuando su madre la deja, él se acuesta a su lado, rodeándola con sus brazos. Del otro lado se echan el San Bernardo y la Siberiana. Nehuén intenta sacarlos, pero Ivone le hace señas para que los deje:

-Necesita el mayor calor posible –dice muy despacio a su esposo–, y los perros se lo pueden dar.

-¿No podemos hacer nada más? –pregunta angustiado.

-Trataré de inyectarle suero… No puedo hacer otra cosa… ¡Ojalá lo reciba! –se dirige a la habitación contigua y vuelve con un frasco–. El problema va a ser sostenerlo arriba…

-Por eso no te hagas problema –dice Nehuén. Se dirige donde tiene sus herramientas y mientras Ivone saca el bracito de la beba para intentar inyectarle suero, él se dedica a "fabricar" un trípode al que agrega un gancho que sirve para colgar el frasco.

Ivone hace un torniquete en al bracito de la beba y frota con alcohol sus venas, tratando de encontrar alguna que pueda resistir el pinchazo. Sus manos tiemblan. "Por favor, Señor, ayúdame", clama en silencio.

Después de intentarlo varias veces, la sangre comienza a

brotar en la jeringa. Ivone suspira aliviada. Termina de acomodar los tubos y vuelve a tapar parcialmente el brazo de la beba. Nehuén acerca el trípode y coloca el frasco. La mujer regula el paso del suero y se levanta.

-Oremos al Señor que pueda resistir… -murmura tratando de convencerse ella misma. "Ya tiene sus labios morados… Creo que todo es inútil", piensa para sí misma.

Todos se arrodillan alrededor del montoncito de ropa y Nehuén eleva una oración de súplica:

-"Señor, tú has permitido que esta beba sea encontrada. Nosotros no podemos hacer nada. Queda en tus manos. Pero, por favor, si es posible, sálvala. Te lo rogamos en nombre de tu Hijo. Amén" –Las voces se unen al amén.

Quimey vuelve a acostarse abrazando la beba con toda suavidad para no interrumpir el paso del suero. Ivone comienza a lavar la ropita que le ha sacado a la beba y de repente exclama:

-¡Se llama Wanda! –muestra a su esposo la camisetita con el nombre bordado–. Su madre se la debe haber hecho… ¡Pobre mujer! ¿Qué habrá pasado?

-Seguramente un accidente… -explica su esposo moviendo la cabeza–. Mañana preguntaré en gendarmería… Ellos tienen que saber algo…

La comida se ha enfriado, pero a nadie le importa. Han perdido el apetito.

CAPÍTULO 6

El dilema de Bruno

Han pasado dos semanas y Wanda no reacciona. Ivone cambia el suero cada vez que lo necesita, pero su rostro sigue preocupado. Nehuén la observa:

-¿Qué pasa, mi amor? ¿Se ha terminado el suero?

La esposa levanta la mirada:

-El doctor Rivero me trajo algunos frascos y prometió traer más cuando venga la semana que viene…

-Y, ¿entonces?

-Tengo miedo que la hipotermia haya dañado el cerebro de Wanda… Ya debería haber reaccionado… Quizás quede así para toda la vida…

-Pero todos los días se ven mejorías…

-Ya lo sé… Los colores de su carita ya son normales… Pero…

-Pero, ¿qué?

-No me hagas caso… -Ivone termina de acomodar la manta que cubre la beba, se levanta y añade–: Quimey no se ha separado de ella… Se nota que le ha tomado mucho cariño… -mueve la cabeza y se retira a la otra habitación.

Nehuén mira a su hijo, abrazando a Wanda y se siente enternecido. "Señor, por favor, ten misericordia de ella. No permitas que se cumplan las dudas de mi esposa", murmura muy despacio.

De pronto, Quimey exclama en alta voz:

-Sayen… ¡Wanda abrió los ojos…!

Todos corren para comprobarlo. La beba mira a las personas que la rodean con sus grandes ojos azules y expresión confusa.

-Despertaste, hermosa –Quimey la acaricia llorando–. Mira, Sayen, qué bonita es…

Ivone asiente sin decir nada. También ella está llorando. Abraza a su esposo:

-¡Por fin…! Ahora tengo más esperanzas… -Nehuén frota su espalda consolándola, aunque él también llora.

-¿Qué tengo que hacer ahora, Sayen? –pregunta ansioso el niño que cuidó todo el tiempo a Wanda.

-Tenemos que tratar que tome agua… -contesta su madre mientras seca sus lágrimas con el dorso de la mano y se dirige hacia la cocina. Tomando una taza con agua hervida y una cuchara, vuelve donde están los demás.

-Yo le voy a dar… -comenta decidido Quimey. Pero cuando intenta darle de beber con la taza, su madre lo detiene:

-Siéntala un poco para que no se ahogue…y dale con la cuchara, muy despacio…

El niño obedece y, aunque al principio Wanda rechaza la cuchara con su manito libre, insiste hasta que ella bebe algo del líquido.

-Tienes que dejar que descanse… -aconseja Ivone a su hijo–. De a poco, se va a ir recuperando…

Quimey le devuelve una sonrisa y vuelve a acomodar a Wanda:

-¿Ya le podemos sacar esa aguja del brazo?

-Todavía no… Tenemos que ver su reacción… -y al ver que los ojitos de Wanda se van cerrando, agrega-: Por ahora déjala que duerma…Está muy débil…

Los perros, que también han permanecido acostados al lado de Wanda, se sientan, mueven la cola, demostrando su alegría, y salen de la habitación.

Ivone y Nehuén se separan para seguir con sus quehaceres. Eluney hace sus tareas, mientras observa a Quimey abrazando a Wanda y acariciando su carita.

Pasan los días y de a poco, la beba se va recuperando. Como ya ingiere alimentos líquidos, Ivone decide suspenderle el suero, de manera que Wanda se siente liberada e intenta pararse. Quimey la ayuda y logra que haga algunos pasitos.

Lo que a todos los tiene intrigados es las palabras que balbucea la nena.

-¿Qué querrá decir? –pregunta Quimey desconcertado.

Ivone mueve la cabeza, calculando dónde reside el problema:

-Creo que es extranjera… Habla en su idioma… Por eso no le podemos entender…

-¿Extranjera? Y de qué país… -Eluney ha llegado hasta donde están su madre y hermano-. ¿Y cómo vino hasta acá?

-No lo sé, hijo…

Nehuén interviene:

-Averigüé en gendarmería y el único accidente que reportaron es el de un par de ancianos que encontraron en un barranco… Por los documentos, parece que son alemanes… -recordando otra cosa, agrega–: Los carabineros chilenos reconocieron los cadáveres y dicen que habían pasado hace dos días por la frontera… Les aconsejaron no aventurarse porque venía una tormenta, pero no hicieron caso… Al rato cerraron el paso, pero este matrimonio ya se había internado en la cordillera…Evidentemente no conocían el peligro que corrían… -concluye su reflexión.

-¿No te dijeron si venía alguna criatura con ellos? –Ivone necesita una respuesta.

Nehuén mueve negativamente su cabeza.

-Yo les pregunté lo mismo, pero me dijeron que no vieron nada más que al matrimonio… Además, tienen mucha edad para ser los padres de Wanda… -quedan un rato en silencio, cada uno con sus propios pensamientos.

-Si no encontramos a sus padres, ¿se quedará con nosotros Sayen? –Quimey mira ansioso a su madre.

Ella revuelve los cabellos rubios de su hijo:

-Es lo que quisieras, ¿verdad?

-Seguiré preguntando… -interviene el padre–. Alguien tiene que saber algo…

Quimey tiene a Wanda parada, sosteniéndola por sus bracitos. De repente, la niña se suelta y sale corriendo para alcanzar un juguete. Lo alza y mostrándolo balbucea una de sus palabras inteligibles.

Todos quedan pasmados al verla deslizarse con tanta facilidad. Su principal protector se llega hasta ella.

-Aaauutooo… Tú…tú –Wanda lo mira, hace una mueca y se sienta llorando–. No, mi amor, no te estoy retando… Solamente te explico cómo se llama el juguete que alzaste… -La niña lo mira, sin entender. Vuelve a pararse, corre hasta donde se halla echado el San Bernardo y se acuesta en su regazo. El perro lame sus cabellos. Cuando Quimey intenta ir a sacarla, su madre lo detiene:

-Déjala… Ella se comunica mejor con los animales… -El niño se deja caer en una silla, desilusionado.

-¿Cómo podremos comunicarnos con ella si no nos entiende?

Ivone abraza a su hijo, besándole la cabeza.

-Tenemos que tener paciencia… Es muy chiquita… Pero a su edad, podrá aprender también nuestro idioma…

-¿Cuántos años crees que tenga, Sayen? –pregunta Elimey, acercándose.

-No lo sé… Pero por la forma que se desliza y domina su cuerpito, creo que debe tener cerca de 2 años…

Wanda sigue recostada en el regazo del gran perro. Quimey se llega, la abraza y le canta una canción de cuna. La niña lo mira y luego se acurruca en sus brazos, causándole gran satisfacción a su pequeño protector.

Mientras tanto, en la ciudad, Andrea y Bruno discuten:

-¿Hasta cuándo vamos a tener esa "guacha"? – pregunta indignada la mujer.

-No lo sé…

-¿Por qué no la dejás en la puerta del hospital, o de alguna casa de ricachones…? Ellos se pueden hacer cargo de ella…

Bruno la mira, taladrándola.

-¿De qué pasta estás hecha? ¿Cómo podés pensar algo así? ¡Es una criatura, no un animal!

-Un animal no nos hubiera causado tantos problemas… Además, sería más barato alimentarlo…

-¡No tenés corazón…! –exclama el joven. Luego, alza a Liese que comienza a llorar-. ¡Pobrecita! ¡La asustaste!

Andrea cruza los brazos enojada:

-Vos que tenés "corazón"… –recalca la última palabra y hace una mueca de disgusto-. ¿Cómo te vas a arreglar para seguir trabajando con esa "guacha" a cuestas? Apenas si podemos cruzar la cordillera con las mochilas y…

-Ya encontraremos una solución… -la interrumpe Bruno, enojado.

-Hace más de una semana que tendríamos que haber cruzado a Chile y por esta "guacha"… -Andrea intenta darle una cachetada a la niña y Bruno le sostiene el brazo con furia. Intercambian miradas de indignación un breve momento. Luego Andrea se suelta y va hasta las mochilas depositadas en un rincón de la habitación.

-Está visto que no vas a cambiar de opinión… Yo me largo… -saca algunas cosas, las coloca en un bolso y sale a grandes pasos del lugar, pronunciando improperios–. Seguramente el Turco tendrá algún trabajo para mí… -da un portazo y se aleja.

Bruno consuela a Liese, llamándola con el nombre de su hermana, sin saberlo:

-No te preocupes, Wanda… No te voy a abandonar… Ya encontraré una solución… -besa su cabecita, la arrulla hasta que se duerme y la deposita suavemente en un sofá. Pone algunas sillas a su alrededor, cuidando que no se caiga y se tira indolentemente en la cama, con las manos cruzadas en su nuca. Su mente trabaja incansablemente. "Tengo que encontrar otro trabajo… Andrea tiene razón… Será imposible cruzar la cordillera con Wanda… Pero, ¿qué puedo hacer? Soy prófugo de la justicia… los gendarmes me conocen y se sentirían contentos con entregarme a la policía…". Mueve la cabeza tratando de borrar sus pensamientos y sigue pensando: "Si voy con el Turco, seguro que me va a proponer vender droga… pero eso me pone en un peligro peor". Toma su cabeza con ambas manos y refriega sus cabellos. "No sé qué hacer…". Se obliga a calmarse para conciliar el sueño. Al otro día pensará en alguna solución.

CAPÍTULO 7

La llegada de Doris

Mientras tanto en Dortmund, Alemania, Alfred llega de su trabajo y saluda a Judith con un beso. Hacen sus tareas automáticamente. Hace tiempo que se propusieron no hablar de las gemelas porque les hace mucho daño. Aunque se cansaron de averiguar de ellas, no tienen respuesta.

De pronto escuchan golpes en la puerta y al ir a atender se encuentran con Carlos, el esposo de Doris, hermana de Alfred.

Aunque sorprendidos, lo invitan a pasar.

-¿Qué te trae por aquí? –La pregunta de Alfred es inevitable, porque hasta ese momento, su cuñado nunca los había visitado–. Siéntate, por favor –El dueño de casa le indica un sillón desvencijado–. Perdóname, pero no tenemos algo mejor –se disculpa.

Carlos hace un gesto, como dándole poca importancia al comentario. Se sienta y sostiene un portafolio en sus piernas.

-Vengo a decirles que me vuelvo a Buenos Aires…

Alfred y Judith intercambian una mirada de asombro y luego posan sus ojos en el recién llegado.

-¿Qué pasó? –pregunta la mujer extrañada–. Nos hemos enterado que están por derribar el muro… Ahora te podrías encontrar con Doris, tu esposa…

Carlos la mira con ojos llorosos:

-Justamente por eso me voy… No podría mirar a mi esposa a los ojos…

Judith mira a su esposo, esperando una respuesta. Él le hace señas de que no pregunte nada. Ella se alza de hombros y vuelve a mirar a su cuñado.

-Y… ¿Qué vas a hacer con tu empleo en la fábrica?

-Por eso he venido –alcanza el portafolio a Alfred–, aquí tienes información suficiente para reclamar tu parte en la fábrica. No es justo que ustedes vivan aquí, mientras Erna hace lo que quiere.

Alfred recibe el portafolio.

-No sé de qué se trata, pero desde ya te digo que no pienso reclamar nada… No quiero enfrentarme con Erna.

-Tienes todo tu derecho…

-Lo sé. Pero con sólo pensar que tendría que pelear con mi hermana… En este momento no me encuentro en condiciones…

-¿Tuvieron alguna noticia de las nenas? Ya pasó mucho tiempo…

Los esposos mueven la cabeza y sus ojos se llenan de lágrimas.

Carlos comprende su dolor.

-Perdónenme… Me doy cuenta que les hace mal… Pero… -se detiene y baja la cabeza.

-Lo único que te pediría es que nos digas qué sabes… -indaga Alfred–. Sabemos que trajeron los cuerpos de mis padres, pero nadie nos dice nada de las gemelas…

-Encontraron sus cuerpos en un barranco, en la Cordillera de los Andes –explica Carlos, de la mejor manera, tratando de no herir los sentimientos de la pareja-. El automóvil lo habían alquilado en Chile y, en ese momento, se dirigían a Argentina… En la gaveta estaban solamente sus documentos, por eso los pudieron identificar y mandaron el aviso… Erna los mandó a buscar y los enterraron… Pero nadie sabe de las gemelas… -y reflexionando un poco, agrega–: Me temo que se deshicieron de ellas en algún lado… Por los pasaportes nos enteramos que hicieron un tremendo recorrido: primero Francia, después Portugal, creo que después cruzaron a Estados Unidos… No me acuerdo cuántos lugares más figuraban en los pasaportes…

Al escuchar esas noticias, Judith abraza a su esposo llorando.

-¿Dónde estarán nuestras hijitas ahora?

Alfred la abraza fuertemente y la acompaña en su llanto.

-No sé, mi amor… No sé… Conociendo a mi padre, puede ser cualquier cosa…

Carlos se levanta, con un nudo en la garganta.

-Los dejo… Solamente les pido que cuando vean a Doris, le digan que la sigo amando con todo mi ser… Y, si puede, que me perdone… -Va a retirarse y se vuelve–. Cuando llegue a Buenos Aires trataré de contactarme con la gente de gendar-

mería del sur argentino, para averiguar si saben algo más de…
-se detiene para no mencionar a las gemelas-. Cualquier noticia que tenga, les aviso… -y al llegar a la puerta, se da vuelta y agrega-: Cuando me instale, les escribiré para saber algo de Doris… Por favor, vayan ustedes a esperarla cuando la liberen, porque Erna… -no dice más nada y se retira a grandes pasos.

Cuando ya no se divisa el automóvil de Carlos, Judith abraza llorando otra vez a su esposo:

-¿Cuándo terminará esta agonía? Ya hace más de seis años… -Alfred frota su espalda, con un escalofrío. No quiere decirle a su esposa sus sospechas de que es posible que su padre las haya dejado en algún callejón o un camino solitario para que no las encuentren, y se niega a pensar que estén muertas, pero es su mayor convicción.

Cuando reciben la noticia que el muro de Berlín va a ser demolido, viajan hasta el lugar. Hay una multitud impresionante.

-¿Cómo encontraremos a Doris entre tanta gente? –pregunta Judith.

Alfred se abre camino entre la multitud hasta que llegan cerca de la barricada que la Gestapo ha construido. Desde allí, tiene la esperanza de poder distinguir a Doris entre la multitud. Se para de puntillas haciendo visera con la mano. Comienza a salir la gente de Berlín Oriental y se escuchan clamores, risas y llantos. Desde esa maraña de personas, escucha una voz conocida:

-¡Alfred! ¡Aquí…! ¡Aquí estoy…! –El joven sigue el sonido de la voz que grita desaforadamente y logra divisar una mano levantada que le hace señas.

-¡Allá está! –exclama con voz entrecortada-. ¡Vamos Judith!

Toma de la mano a su esposa y se abre camino como puede. Cuando llega junto a su hermana, la abraza. Ambos lloran por un rato. Cuando se separan, Alfred comenta:

-¡Qué delgada estás! –Pero no sigue hablando porque Doris ya está abrazando a Judith.

-Vamos un poco más lejos para poder hablar… -La voz de Alfred es casi un grito.

Doris abraza a ambos y, a tropezones, logran apartarse un poco de la muchedumbre. Cuando ya están casi solos, Doris mira hacia uno y otro lado.

-Y Carlos, ¿dónde está? ¿No vino con ustedes?

Alfred no contesta enseguida. Posa un brazo en el hombro de su hermana y dice muy bajito:

-Carlos volvió a Buenos Aires…

Doris abre sus ojos desmesuradamente.

-¡¿Cómo?!

Su hermano queda un momento en silencio, mirando a su esposa.

-Después te vamos a explicar…

En ese momento se acerca un señor con traje de chofer.

-¿La señorita es Doris Bergman? –pregunta, mirando una fotografía que tiene en sus manos.

La joven asiente sin entender.

-Su hermana me mandó a buscarla… Ella está en la fábrica atendiendo unos asuntos… El automóvil nos espera… -y sin agregar más, toma del brazo a Doris y la empuja hacia un vehículo estacionado.

Ella se resiste, pero su hermano le hace señas que vaya.

-Después seguiremos hablando… -le grita, con ambas manos en la boca haciendo de bocina para que lo escuche, cuando ya están por subir al vehículo.

Los esposos quedan desconcertados, hasta que Alfred reacciona:

-Vayamos pronto al tren, porque dentro de poco no vamos a poder subir –toma del brazo a su esposa y se alejan rápidamente del lugar.

Alrededor de un mes después, aparece Doris en la puerta de la vivienda de los esposos Bergman. Ellos la abrazan efusivamente y, tomándola de la cintura, Alfred la conduce al interior. Mira atentamente a su hermana.

-¡Qué cambiada estás! –exclama admirado.

Doris ríe divertida:

-En el campo de concentración no nos alimentaban muy bien…

Alfred se contagia de su risa:

-¡Tienes razón! ¡Qué estúpido soy!

Cuando los ánimos se calman después del encuentro, Judith pregunta:

-Pero lo que no me explico es ¿por qué te detuvieron si eres alemana?

-Cuando bombardearon la fábrica, perdimos todos nuestros documentos –explica Doris comprensiva–, y como soy morocha, de cabello oscuro, me tomaron por una judía… Por más que explicamos nuestra situación, no nos hicieron caso…

-reflexionando un poco, agrega–: A Carlos lo liberaron por una orden superior… Calculo que nuestro padre tuvo algo que ver… O tal vez Erna… Ellos tienen muy buenos contactos…

Alfred y Judith intercambian una mirada, pero no dicen nada. Quedan un rato en silencio, cada cual con sus propios pensamientos, hasta que Doris vuelve a hablar:

-Bueno, pero no he venido a decirles algo que ustedes ya saben… Vengo por otra cosa… -busca unos papeles en su bolso y se los entrega a Alfred–: Ya puedes volver a la fábrica…

El joven mira los papeles, luego a su hermana.

-No entiendo…

Doris explica:

-Cuando llegué, Erna me enfrentó como una fiera… Me culpaba del viaje de Carlos y otras cosas más… -reflexionando, agrega–: Las cosas no le van muy bien a nuestra hermana… y, por supuesto, eso la enfurece… -Alfred la sigue mirando sin comprender–. Habría muchas otras cosas para contarles, pero lo principal es que me compró mis acciones a cambio de la fábrica de máquinas de tejer… Erna no entiende de eso y se quería deshacer de ella… Yo vi una buena oportunidad, ya que tú trabajabas en ese sector, y se la compré… O mejor dicho –aclara–, se las compraste tú… Por eso te traigo estos papeles… ¡Ya puedes volver a tu antiguo trabajo!

Alfred no reacciona. Cree no haber entendido bien lo que su hermana le está comunicando.

-¿Cómo que puedo volver a mi antiguo trabajo?

Doris lo mira sonriente.

-Ahora esa fábrica es tuya, hermano…

-¿Cómo que es mía? Si papá me había desheredado…

-Eso es lo que te hizo creer, pero todavía tenías tus acciones… Y Erna te las compró –concluye riendo.

Alfred tapa sus labios con las manos. No puede creer lo que está escuchando. Cuando logra reaccionar, pregunta.

-Y ¿qué harás tú?

-Por eso también vengo a buscarlos… Me imagino que Carlos les habrá escrito… -Los esposos intercambian una mirada y Judith se encoge de hombros–. Es lo que imaginaba… En esa carta debe figurar su dirección…

-Doris… -comienza a disculparse Alfred–. Carlos nos hizo prometer que no te daríamos su dirección.

-Pero si no sé dónde vive… ¿Cómo creen que lo puedo encontrar? Buenos Aires es muy grande…

-¿Piensas viajar hasta allá? –La pregunta sale incontenible de los labrios de Judith.

Doris afirma decidida:

-¡Por supuesto! Sé que Carlos todavía me ama…Y después de tanto tiempo de estar separados… Quiero volver a verlo… Abrazarlo, y decirle que yo también lo sigo queriendo…

-Pero… después de lo que hizo… -Judith se detiene ante un gesto de su esposo.

-Ya sé lo que quieres decirme… -aclara Doris, comprensiva–. En mi ausencia Erna se las ingenió para atraparlo… Ella siempre estuvo enamorada de Carlos… Mientras estaba yo entre medio no pudo conquistarlo… Pero cuando logró traerlo… -se detiene con una sonrisa-. ¿Creen que no me di cuenta por qué no hicieron nada para liberarme a mí?

-¿Quieres decir que tú lo sabías?

-Lo sospechaba… Y, con la actitud de Erna, lo confirmé…

-¿Y aun así vas a buscarlo?

-Judith querida… ¿Acaso el Señor no nos manda a perdonar hasta setenta veces siete? Y a Carlos no tengo que perdonarle tanto… Sé que él anduvo con mi hermana, pero también sé que fue ella la culpable… No se imaginan cómo me enfrentó pidiéndome que le dijera dónde estaba mi esposo… Él llevaba todos los papeles de esa parte de la fábrica y ahora, se siente perdida… Ya no está nuestro padre y tampoco tiene a Carlos…

Alfred mira a su hermana, admirando su entereza y humor.

-¡Eres única! –exclama, abrazándola-. ¡Ojalá pueda perdonar a Erna yo también!

-Lo harás, hermano… el Señor te va a ayudar… -Doris se levanta y mirando a los esposos, agrega riendo–: Pero todavía no les he dicho todo… -saca un manojo de llaves de su bolsillo y lo deposita en la mano de Alfred–: También puedes trasladarte a mi casa… o, mejor dicho, a la casa de Carlos y mía.

El joven mira alternativamente a las llaves en su mano y a su hermana. No pudiendo contenerse más, la abraza llorando. Permanecen así un buen rato, mientras Judit se une al abrazo.

-Bueno. ¡Basta de llantos! –Doris se separa un poco, secándose el rostro con una mano-. ¿Me van a dar lo que vine a buscar? –Los esposos se miran, aturdidos-. ¡La carta de Carlos! Necesito saber su dirección…

Ante esa aclaración, Alfred reacciona:

-Tienes razón… La carta… -se pierde en el interior de la

vivienda y vuelve con un sobre–. Aquí está… -Al entregárselo a su hermana, pregunta extrañado-: ¿Tienes los medios para ir a Buenos Aires?

Sin contestar, Doris abre la carta. Lee rápidamente su contenido, la acerca a sus labios y dice:

-Yo también te amo, mi amor…

Como todavía Alfred está esperando su respuesta, explica:

–Yo tengo el dinero de la venta de mis acciones… Me alcanza para pagar mi viaje y mucho más… No te preocupes…

Cuando Doris ya se ha ido. Judit permanece en brazos de su esposo.

-Todo esto es como un sueño…

Alfred la separa un poco, mirándola con ojos llorosos.

-Esta semana venían a demoler nuestra casa, ¿recuerdas? –Judit asiente–. Hemos orado tanto, sin imaginarnos que el Señor ya tenía la respuesta.

-¡Y mejor de lo que esperábamos!

CAPÍTULO 8

El encuentro de Carlos y Doris

Durante el viaje, Doris trata de recordar algunas palabras que Carlos le enseñó a pronunciar en español. Sabe que le será difícil, pero confía que podrá hacerse entender.

Baja del avión y después de realizar los trámites en el aeropuerto, corre a tomar un taxi. De la emoción casi no puede hablar, así que le muestra el dorso del sobre al chofer, que asiente en silencio y pone en marcha el vehículo.

En el camino, ora en silencio: "Señor… Que pueda encontrar a Carlos… Que podamos volver a ser felices después de todo lo que pasamos".

El auto se detiene frente a un edificio de departamentos. Doris baja indecisa y mira hacia arriba. El chofer le alcanza sus maletas, esperando su pago. En ese momento la joven se da cuenta de que no tiene dinero argentino y sacando dólares, pregunta a media lengua, si se los puede recibir. Al chofer se le dibuja una sonrisa, toma el dinero y se retira apurado.

Doris penetra en el vestíbulo del edificio con su bolso y sus valijas. Mira hacia todos lados y no sabe qué hacer. Se le acerca un hombre mayor, uniformado.

-¿Qué desea señora? –saluda muy cordialmente a la recién llegada.

Ella lo mira y trata de pronunciar alguna de las palabras que aprendió, pero consigue solamente tartamudear.

Él hombre abre grandes los ojos reconociéndola

-¡Usted es la señora Doris! –exclama riendo–. También la delata su acento alemán… El joven Carlos me habla siempre de usted… Tiene sus fotos por todo el departamento… -y dándose cuenta de que ella no entiende mucho lo que dice, toma las valijas y se dirige al ascensor–. Venga… Yo la llevo…

Doris se deja conducir. El portero le infunde confianza.

Llegan al quinto piso y Anselmo abre la puerta del ascensor e invita a salir a la joven. Ella obedece en silencio. Caminan por un pasillo y el portero se detiene ante una puerta.

-El departamento está cerrado… El joven Carlos está trabajando… Pero yo tengo las llaves de todos los departamentos, así que le voy a abrir… -se calla, dándose cuenta de que Doris no le entiende mucho. "La sorpresa que se va a llevar el señor cuando venga… y él que me decía que había perdido para siempre a su esposa…", piensa divertido.

Cuando queda sola, Doris se dedica a recorrer el departamento. No es muy grande, pero tiene todas las comodidades. Mira la hora para saber cuánto falta para que Carlos regrese, pero se da cuenta de que no ha cambiado el horario de su reloj, así que no sabe qué hora puede ser en Argentina. Por la claridad del día calcula que es de mañana.

Llega hasta el dormitorio y vacía sus valijas en el armario donde hay perchas y cajones con ropa masculina. Al ver esas prendas, las toma y acaricia su rostro con ellas. Como no divisa ninguna femenina, suspira aliviada: "No ha formado pareja con nadie. Mis miedos eran infundados", eleva sus ojos al cielo y susurra: "¡Gracias, Señor!".

Va hasta la cocina y, revisando alacenas y cajones, consigue los ingredientes necesarios para preparar la comida preferida de Carlos. Calculando que tiene tiempo todavía, se baña y arregla. Cuando está terminando la tarea, escucha pasos en el corredor y va a esconderse en el baño.

Carlos abre la puerta, tira el portafolio en un sillón y, cuando se dispone a desabrocharse la corbata, advierte un olor extraño, pero que le es conocido. Corre a la cocina y, cuando abre la tapa de la olla, exclama:

-Doris… Únicamente ella sabe preparar esta comida… -Mira hacia todos lados buscándola. Va hasta el dormitorio, pero lo encuentra vacío. Mira debajo de la cama y, cuando se dispone a pararse, ve aparecer a Doris por la puerta del baño. Termina de levantarse y se queda petrificado. Ella lo mira sonriente, acercándose:

-¿Así recibes a tu esposa que ha cruzado el mundo para encontrarte? –Se llega hasta él y lo rodea con sus brazos. Carlos la mira, una y otra vez, sin poder creer lo que está viendo. Luego la abraza llorando.

-Doris, mi amor, mi amor… -La cubre de besos mojándola con sus lágrimas, que se mezclan con las de ella. Cuando pasa el primer asombro y reacciona, pregunta intrigado-: ¿Cómo me encontraste? –Doris sonríe y se abanica con un sobre-. ¡Ya veo! ¡Alfred y Judith! Yo les pedí que no te avisaran… -pensándolo mejor, agrega riendo-: ¡Menos mal que no me hicieron caso! –toma de la cintura a su esposa y la alza en sus brazos- ¿Podrás perdonarme algún día, mi amor?

Ella pone una mano en los labios masculinos.

-Shhh… No hables… disfrutemos el estar juntos nuevamente –asienta su cabeza en el hombro masculino y se acurruca en sus brazos.

"¡Ésa es mi Doris! Realmente no la merezco", piensa Carlos conmovido, pero no dice nada.

Mientras almuerzan, tomados de la mano, el joven explica, en pocas palabras, su viaje y su trabajo.

-En unos días viajaré al sur para ayudar en la investigación de una banda de traficantes y ladrones que pasan la cordillera por lugares sin vigilancia ni aduana… -mirando con ternura a su esposa, agrega-: Menos mal que viniste ahora, porque la semana que viene ya me voy…

-Tenía temor de no encontrarte… -Doris sostiene la mirada de su esposo–. Pero sabía que el Señor guiaría mis pasos… Ahora nada nos va a separar… -Se besan largamente disfrutando ese amor que se les negó por tanto tiempo.

A la semana siguiente viajan hacia Río Negro para encontrarse con la policía federal que está investigando el caso.

Pasa el tiempo, pero no consiguen avanzar en sus propósitos.

-Estos tipos son muy listos… -comenta un superior de la policía–- Hace años que los venimos siguiendo… Cuando parece que ya descubrimos su paradero, algo se interpone y volvemos a cero… -mueve la cabeza desilusionado-. "Sospecho que tienen algún "datero" de aquí adentro", piensa en silencio. No quiere dar a conocer sus dudas, pero también investiga a sus subalternos.

Mientras tanto, Carlos y Doris se deleitan con los paisajes del sur argentino. Así llegan a Bariloche. Recorren sus calles y comercios, subiendo y bajando calles y veredas.

-¿Te diste cuenta de las principales prendas que venden los negocios de esta ciudad? –pregunta la esposa, deteniéndose en una vidriera-. ¡Pullovers, pullovers y más pullovers…!

-Es un clima muy frío… ¿Por qué me preguntas eso? –Carlos la mira sin entender.

-Se me está ocurriendo algo… -Doris mira con picardía a su esposo-. ¿Sabes lo bueno que sería instalar aquí una fábrica de máquinas de tejer?

-Doris… -le reprocha el joven-. ¡No pensarás ponerte a trabajar…! ¡Ni lo sueñes…! Ahora estamos en Argentina y yo gano lo suficiente para mantenernos e inclusive darnos con los gustos…

-No pensaba en mí… -aclara la joven–. Sería muy bueno para Alfred traer su fábrica hasta aquí… Y además… -Carlos lo mira intrigado–, estamos cerca del lugar donde encontraron el vehículo de papá…

Dándose cuenta a dónde quiere llegar su esposa, el joven medita.

-Es cierto… Pero sería duro para tu hermano revolver el pasado… Ya pasaron muchos años…

-No creo que él piense lo mismo… -aclara Doris tristemente–. En lo poco que conversé con él, me di cuenta de que todavía no ha perdido la esperanza de encontrar a sus hijas… -muy decidida, agrega–: Se lo voy a proponer… El Señor dará la respuesta…

Efectivamente, cuando Doris le propone el negocio, Alfred

acepta entusiasmado. Será una buena oportunidad para no discutir más con Erna, que cada día está más intolerante. Además, en Argentina podrá profesar su culto sin impedimentos.

Hacen los trámites necesarios y al pasar unos meses, Judith y Alfred se instalan en un predio que Doris ha comprado, a las afueras de Bariloche.

El encuentro de ambos matrimonios es indescriptible. No les cuesta mucho aprender el idioma, ya que mucha gente del lugar habla también alemán o algún idioma ario. Carlos colabora haciendo de intérprete cuando es necesario, ya que domina ambos idiomas.

CAPÍTULO 9

Un hijo en camino

Pasado mucho tiempo, en una vivienda de una ciudad importante de Río Negro, Bruno y Liese conversan animadamente.

-Estás cada día más hermosa –comenta el hombre, mirándola con ternura. Ella gira complacida–. No me extraña que Federico se haya enamorado de vos…

-Y yo de él… -aclara la joven entre risas.

-Va a ser duro para mí, no tenerte a mi lado… -comenta tristemente Bruno–. Me hubiera gustado que conocieras otro tipo de muchacho, de otro ambiente, para que sea tu pareja…

-No te pongas triste… -Ella lo besa en la mejilla–. Hemos sobrevivido tantos años que ahora no será distinto… Además, Federico tiene pensado sacarnos del negocio…

-Mmm… No sé si podrá… El Turco no perdona cuando alguien lo abandona… ¿Sabés a cuántos ha "limpiado" ya…?

-Al menos lo intentaremos… Tengo fe de que Federico se las va a arreglar… hace bastante tiempo que está planeando nuestra fuga…

Bruno menea la cabeza en señal de duda.

-No soportaría que te pasara algo, mi reina…

-¡Por favor! No te pongas triste… Cuando nos hayamos establecido, te lo haremos saber para que te reúnas con nosotros… -Como el semblante del hombre no cambia, Liese (o Wanda, como él la llama), le toma ambas manos con las suyas–. Nunca podré olvidar lo que hiciste por mí… Me cuidaste… Me mimaste… Trabajaste muy duro para que pueda estudiar… Hiciste de todo para verme feliz… ¡Hasta trabajaste para el Turco…!

-Trabajamos querrás decir –Bruno la interrumpe– , o ¿crees que no me daba cuenta cómo entretenías a los gendarmes para que no revisaran lo que llevaba…?

Ella ríe divertida:

-Son todos unos babosos… Ven una pollera y se idiotizan… -deteniendo su risa, agrega–: Siempre preferiste pasar por aduana en vez de ir por los pasos de la cordillera… Eso siempre me intrigó.

-No podía arriesgarte a esas incomodidades, Wanda… Los pasos de la cordillera son peligrosos… Y no siempre se burla la vigilancia… Muchos fueron apresados mientras cruzaban… -y reflexionando, agrega-: Además, no fueron muchas veces…

-Sí, lo sé… sólo lo hiciste para conformar al Turco… Pero te arriesgaste mucho… -queda pensativa un rato y agrega–: Siempre me cuentas cómo me encontraron… pero lo que no me explico es por qué nunca me reclamaron…

-No lo sé, mi reina… Yo estaba dispuesto a entregarte a tus padres o a alguien que preguntara por vos, pero… -se detiene para no pronunciar sus sospechas de que lo más posible es que hayan muerto, y continúa–: Por tu nombre y apellido es obvio que sos extranjera… -y con una sonrisa, agrega-: Te aseguro que, por mi parte, rogaba que no te reclamaran… -Acaricia el rostro femenino–. Fue hermoso tenerte conmigo…

-Ya lo sé, Bruno… Y te aseguro que también yo lo deseaba… -Lo abraza cariñosamente–. Fuiste más que un padre para mí…

-Eso fue fácil, porque sos muy dócil… Nunca reclamaste ni cuestionaste lo que te pedía que hicieras… -apoya el mentón en la cabeza de Liese-. ¡Siempre serás mi reina!

-Y vos siempre serás mi padre del corazón…

En unos días más Federico llega con su mochila al hombro.

-Llegó la hora de irnos, Wanda…

Ella asiente, alzando el bolso que ha preparado. Mira con ojos llorosos a Bruno y éste la abraza llorando.

-¡Que seas feliz, mi reina! ¡Lo merecés! –y dirigiéndose a Federico, le advierte-: ¡Cuidala mucho…!

El joven asiente en silencio. Siempre admiró el cariño que se profesaron Bruno y Liese, aun sabiendo que no tenían lazos de sangre.

Ya en camino Federico pregunta, mirando a su novia:

-¡Qué pasa mi amor? ¿Te arrepientes de venir conmigo?

-No, Fede… Pero me cuesta dejar a Bruno… Él siempre se ocupó de mí…

-Lo sé, Wanda… Pero ya te dije que cuando nos establezcamos en Bolivia o Perú, lo traeremos con nosotros…

Comienzan a subir la cordillera y Federico va adelante,

guiando a la muchacha. A veces hay tantas rocas o es tan empinado el camino que Liese se queda sin fuerzas. Ahora puede entender por qué Bruno nunca la llevó por esos pasos.

-Por favor, Federico… –le pide agitada–, detengámonos un momento… casi no puedo respirar.

El joven se vuelve y la ayuda a subir otro poco.

-Allí hay una roca donde podremos descansar…

Al llegar, Liese tira el bolso al suelo y Federico hace lo propio con su mochila.

-Tratemos de dormir un poco… Todavía falta bastante…

La joven se acurruca en el pecho del muchacho, sintiendo las palpitaciones agitadas de su corazón. "Pobre, él también está cansado", piensa cuando los ojos ya se le cierran.

Duerme tranquila sostenida por los brazos de Federico, hasta que éste se levanta rápidamente y se asoma por la roca que los cubre.

-Viene un grupo de gendarmes… -comenta muy despacio-. ¡Quedate quieta! –Se agazapa y luego sale corriendo.

Liese obedece la orden y se oculta lo más que puede. Su corazón late aceleradamente ante el peligro.

Se escuchan gritos y algunos disparos que se van alejando.

La muchacha no se anima a levantarse. Escucha atentamente y, cuando todo es silencio, se asoma cautelosamente. No se ve a nadie. Tampoco a Federico. "Estará escondido…", piensa angustiada.

Las horas pasan y ya está anocheciendo. Liese no se ha movido del lugar, esperando que vuelva su novio. Saca abrigos del bolso y se arropa. Cada vez hace más frío. Tiene hambre. Busca en los bolsillos de la mochila, algunas galletas y agua que pusieron antes de salir. Come tiritando. Abre la mochila de Federico y saca más prendas de abrigo. Ya es noche cerrada. Liese tiembla de frío y de miedo. Bruno le ha comentado que en la montaña suelen aparecer pumas. "¿Cuándo volverá Federico?", piensa angustiada. Al rato, el sueño y el cansancio la vencen. Duerme un rato y se despierta sobresaltada. Le parece haber escuchado un ruido. Trata de atisbar en la oscuridad. Algo se mueve muy cerca de ella. Queda petrificada. Se anima a tirar una piedra hacia donde escucha ruido de ramas. De repente sale corriendo un conejo. Ella no distingue bien qué es, pero se alivia al comprobar que el animal se aleja.

Amanece y Federico no aparece. Liese espera hasta media mañana. Presiente que su novio no volverá, por lo que decide volver por el sendero que vinieron. Recoge su bolso, pero cuando intenta alzar la mochila de Federico, se da cuenta de que será imposible avanzar con semejante peso, así que la deja tirada al lado de la roca. Solamente saca algunos paquetes de galletas y la botella de agua.

A media tarde, Bruno está cepillando una madera cuando escucha que se abre la puerta. Se asoma y ve a Liese que, trastabillando, da unos pasos y se cae. El hombre corre y, levantándola en brazos, la deposita en la cama.

La joven tiene los labios resecos, el cabello enmarañado y rasguños por todos lados. No entiende lo que ha pasado, pero viendo el estado de la muchacha, le acerca un vaso con agua y moja sus labios. Liese apenas abre la boca. Intenta explicar lo que ha pasado, pero se agita y comienza a toser.

-Descansá, mi reina… después hablaremos –le acaricia la frente y ella cierra los ojos.

"¿Qué habrá pasado? Por el estado en que está, debe ser algo grave", piensa Bruno.

La muchacha entra en un profundo sueño. Bruno permanece sentado a su lado, observándola. Tiene mil preguntas en su mente, pero se arma de paciencia. "Lo principal es que descanse, pobre Wanda".

Al rato, Liese salta de la cama y haciendo arcadas corre hacia el baño. Bruno se acerca y sostiene su cuerpo convulsionado. De a poco, la joven se va calmando. Arrastrando los pies, vuelve y se tira en la cama.

Cuando el hombre comprueba que ya está mejor, pregunta:

-¿Qué pasó…?

Liese lo abraza y suelta el llanto:

-¡Me abandonó! ¡Federico me abandonó…! Cuando se vio en peligro salió corriendo…

-Calma… calma… Después me cuentas lo que pasó. Ahora descansa… -acaricia suavemente la espalda de la joven y la recuesta. Cuando comprueba que se ha dormido, vuelve a su trabajo, sin dejar de observarla.

Prepara una sopa de verduras. "Cuando despierte, tendrá hambre", piensa mientras se le forman arrugas en su frente. Pasa el tiempo, pero la joven no abre los ojos, por lo que Bruno se recuesta en la cama a su lado. Apenas dormita un poco, intranquilo por la muchacha.

Amanece y nada ha cambiado. "Pobre, mi reina… Debe haber caminado muchísimo…".

A media mañana, Liese abre los ojos y se despereza. Estira los brazos, pero inmediatamente los retrae quejándose.

Bruno se acerca.

-¿Estas bien, mi chiquita hermosa? –le pregunta ansioso, mientras acaricia su enmarañado cabello.

-¡Oh, Bruno...! ¡Fue horrible! –se tira en los brazos del hombre y comienza a llorar de nuevo.

Él la consuela hasta que se calma.

-Si podés, contame ahora lo que pasó... Si no... –Se encoje de hombros-. ¡Ya tendrás tiempo de hacerlo!

Liese se sienta en la cama y en pocas palabras relata lo sucedido.

-Cuando me di cuenta de que Federico no iba a volver, bajé la montaña por donde habíamos ido y caminé hasta aquí...

Bruno la abraza.

-¿Te das cuenta de que caminaste más de 20 kilómetros? ¿Por qué no le pediste a alguien que te trajera? O... hubieras hecho "dedo".

-Quizás hubiera podido... Pero estaba tan asustada que me parecía que todos querían atraparme, así que cada vez que veía un vehículo... me escondía... Otras veces caminaba por el monte... Dormía lejos del camino... -esboza una sonrisa–. Dormir es un decir, porque apenas si cerraba los ojos un rato... -se suelta de los brazos de Bruno y estruja las cobijas, maldiciendo-. ¡Cómo pude confiar en Federico! ¡El infeliz, cuando vio el peligro, huyó como una liebre! –mira a Bruno llorando-. ¡Y estoy esperando un hijo de él! ¿Qué voy a hacer ahora?

Bruno la abraza nuevamente, acariciándola para consolarla. "Es lo que temía", piensa, "después de las arcadas de anoche...".

Sus pensamientos son cortados por la voz llorosa de Liese.

-¿Qué va a ser de mí ahora? ¿Y cuando nazca mi hijo…?

El hombre la consuela:

-No te preocupes… Hemos sobrevivido hasta ahora… Podremos seguir así… -La separa un poco y, mirándola a los ojos, toma la barbilla de la joven y agrega sonriendo-: ¡Dónde comen dos, comen tres…!

Ella se contagia de la risa y vuelve a abrazarlo.

"No puedo creer lo que ha hecho Federico… Parecía estar tan enamorado… Ah… ¡Más vale que no lo encuentre!".

CAPÍTULO 10

¡Es mi sobrina!

Pasan algunos meses, sin ninguna novedad.

En la comunidad mapuche, Ivone y Nehuén contemplan el lugar, desde la puerta de su vivienda. Un grupo de niños viene corriendo, con sus útiles y cuadernos.

-Wanda ya terminó la clase de hoy… -comenta riendo Ivone.

-Y como su maestra, los niños salen corriendo… nunca despacio y en orden… -Nehuén acompaña la risa de su esposa.

-Es increíble cómo ha cambiado esa muchacha la vida de este lugar…

-Es cierto… Es incansable… Da de comer a los animales… Se ocupa de la quinta… Estudia, y todavía le queda tiempo para enseñar en la escuela…

-Y para pasear con nuestro hijo… -comenta Ivone. De pronto, aparece corriendo un perro con una mochila atada a su cuello.

-Y aquí viene Silver con el guardapolvo y los útiles de la maestra –dice Nehuén mientras desata la mochila que trae el

"

perro.

-Seguramente ya Quimey estaba esperándola a la salida de la escuela, como todos los días –comenta Ivone con una sonrisa.

Efectivamente, al ratito aparece la pareja que, tomados de la mano, se dirigen a una gran roca, ubicada al lado del río. Quimey ayuda a la muchacha a encaramarse y se sientan. El muchacho abre su Biblia y leen juntos.

El perro, después de haber realizado su encargo, corre y se echa en el suelo, al lado de la roca donde está la pareja.

-Silver no se separa de Wanda… La sigue donde quiera que va… -Nehuén queda un rato en silencio y agrega-: ¿Cuándo se decidirá nuestro hijo a proponerle matrimonio a esa muchacha?

-Cuando tenga algo más que un empleo para ofrecerle –explica Ivone sonriendo–. Hasta que no termine su vivienda, no lo hará… Quiere ofrecerle lo mejor a Wanda… -y reflexionando un poco, agrega–: No se ha separado de ella desde aquella vez, hace casi veinte años, que la trajo Pelusa envuelta en trapos y barro.

-Es cierto… Y desde que murió Pelusa, su hijo Silver también la sigue a todos lados… -dice Nehuén, mirando al perro echado al lado de la roca donde están los jóvenes. Meditando un poco, agrega-: Silver es una mezcla de sus padres… Tiene la fuerza de la Siberiana y el olfato e instinto de buscar a los animales o personas perdidas de Pelusa… ¡Cuántas ocasiones has tenido que curar animales heridos que te ha traído! O a veces algún niño que se perdió… -queda un rato con la mirada puesta en el perro. Luego, cambiando de tema, comenta-: De todas maneras, nuestro hijo podría declararle su amor a

Wanda…

-No te preocupes… Aunque él no le ha dicho nada, ella sabe cuánto la ama… ¡Y ella a él! Pronto nos darán la noticia, ya verás… -ríe al pensarlo–. Y tendré que seguir tejiendo para nuestros nietos, como lo hago para Tahiel, el hijo de Eluney y Cuyén… -concluye riendo la mujer.

-De todas maneras, a esta altura, podrían haberse comprometido… -Nehuén hace este comentario mirando la pareja en la roca.

Ivone ríe y codea a su esposo.

-¿A quién te hace acordar eso?

El hombre la mira y dándose cuenta dónde quiere llegar su esposa con esa pregunta, comenta:

-En mi caso fue distinto… Tú llegaste a la salita como enfermera… Tenías un título… Eras preparada… Y yo un pobre indio sin ninguna educación… -mira complacido a su esposa-. Eras tan hermosa, que yo no podía ni siquiera pensar en proponerte matrimonio…

-Y bastante que me costó hacerte entender que no me importaba tu color de piel o tus costumbres distintas a las mías… -y riendo agrega-: ¡Y ahora te asombras de nuestro hijo!

Nehuén la mira, divertido.

-Pero él es rubio como tú, tiene un buen empleo en gendarmería y está edificando su vivienda… tiene más posibilidades de conquistar a esa inquieta pelirroja…

-No te preocupes… ¡Ya la ha conquistado! –exclama la mujer, entrando a la vivienda, seguida por su esposo–. Voy a preparar la salita porque ya viene el doctor Rivero.

La pareja sigue en la roca. Wanda pierde su mirada en el horizonte. Quimey la observa. "¡Qué hermosa es!", se pierde en sus pensamientos contemplándola. "Cuánto daría por abrazarla, besarla y expresarle todo mi amor… Pero todavía no es tiempo…".

Tiene que cortar sus pensamientos, porque escucha exclamar a Wanda.

-¡Mira ese Jeep que se ha detenido en el puente! El hombre tiene una bolsa negra… -y cortando sus comentarios, de repente grita–. Ha tirado la bolsa al río… Debe ser algún animal…

Y antes de que Quimey pueda reaccionar, ya la muchacha se ha sacado las zapatillas y se lanza al río…

-Wanda… -El joven se acerca a la saliente de la roca desde donde, en el verano, se tiran los niños jugando en el agua-. ¡Por favor, no seas inconsciente… el río está crecido y la correntada es muy fuerte–. Como Wanda nada dificultosamente en la corriente, Quimey se dispone a sacarse las zapatillas para ir en su busca, cuando observa que ella ya ha tomado la bolsa y está regresando.

-Te espero en la playita… -le grita, haciendo bocina con ambas manos.

Ella levanta una mano en señal de asentimiento y nada, arrastrada por la corriente, para acercarse a la orilla. Quimey corre por el costado del río y la espera en una saliente de arena… Ella se va acercando y, cuando está a cierta distancia, le tira la bolsa al muchacho, gritándole:

-Es una criatura… Está llorando… Llévaselo a Sayen… Yo salgo en los cañaverales…

Quimey nada hasta el lugar y alcanza la bolsa e indeciso, entre seguir por la costa hasta donde le indicó Wanda o llevar el paquete, vuelve a la playa y queda parado un momento, pero al escuchar el llanto desaforado que proviene del interior de la bolsa, la abre y, comprobando que se trata de una criatura, no duda más y corre hasta la salita de primeros auxilios donde están trabajando Ivone y el doctor Rivero.

Llega, abre la puerta y entra agitado.

El doctor y la enfermera, que en ese momento están suturando la herida de un niño, lo miran asombrados, preguntándole a qué se debe esta interrupción. El joven deposita la bolsa en una camilla.

-Es una criatura… -explica casi sin aliento y vuelve a salir corriendo.

El facultativo mira a Ivone, sin entender qué ha pasado. Se escucha el llanto de un bebé. Va hasta la camilla y abre la bolsa, sacando la criatura, que sostiene en el aire con ambas manos.

-¡Ivone! –exclama admirado–. Es un recién nacido… todavía tiene el cordón sin atar…

La enfermera llega hasta su lado, toma el bebé y lo deposita en la camilla.

-Pobrecito… -comienza a decir, pero corta su conversación, asustada–. Está morado y lleno de sangre… su madre debe estar con hemorragia… -Entre ambos facultativos comienzan a atenderlo.

-Prepara la incubadora y el oxígeno… -ordena el médico–. Ya casi no respira…

Ivone obedece rápidamente y depositan el bebé con la máscara de oxígeno.

–Tiene hipotermia… -comenta, mientras su mente trabaja desconcertada: "¿De dónde habrá sacado Quimey esta criatura? Y… ¿por qué salió corriendo de esa manera?".

No tiene explicación. El médico la mira, también desconcertado, haciéndose las mismas preguntas.

Ella se encoge de hombros:

-Hablaré con mi hijo cuando regrese…

Mientras tanto Bruno ha llegado al dispensario de gendarmería y entra con Liese en brazos…

-¿Dónde está el doctor? –pregunta desesperado a una enfermera que se encuentra tras del escritorio y lo mira asombrado. La muchacha que lleva el hombre en sus brazos está cubierta de sangre y, calculando la premura del caso, lo acompaña hasta un consultorio.

-Doctor… una emergencia… -aclara, sin más explicaciones, al médico que está revisando papeles.

Ayuda a Bruno a depositar la joven en una camilla, mientras pregunta:

-¿Qué le ha pasado?

Con voz llorosa el hombre explica, mezclando las palabras:

-Se enfermó… Perdió al bebé… Vi que tenía hemorragia… Me asusté…

Mientras atiende a Liese, el médico indaga:

-Una cosa a la vez, por favor… -le pide, mientras revisa a la joven-. ¿Dónde está el bebé que abortó? Y ¿por qué demoró tanto en traerla, viendo que tenía semejante hemorragia? –La voz del médico suena enojada.

-La traía para que la atendieran… pero comenzó con más dolores en el camino… tuve que parar y me di cuenta de que sangraba mucho… nació el bebé, pero cuando observé que estaba muerto, lo tiré al río…

En ese momento, el facultativo, indignado, siente deseos de golpear al recién llegado por su inconciencia, pero se contiene, atendiendo a Liese.

De repente irrumpen en el lugar dos gendarmes.

-¿Usted es Bruno Saldívar? –preguntan dirigiéndose al recién llegado.

Él afirma e inmediatamente le colocan las esposas.

-Hace bastante que te andábamos buscando… ¿dónde está el Turco?

-No sé… -y volviéndose al médico, le suplica–: Por favor, doctor, no la deje morir… -Los gendarmes lo toman del brazo y lo sacan del lugar. Antes de salir, ruega desesperado–: No importa lo que pase conmigo, pero sálvenla… -Se llega hasta la enfermera de la entrada y le dice–: Saque del bolsillo de mi camisa el documento de la muchacha, lo pueden necesitar… -Ella obedece en silencio y, cuando lo tiene en su mano, los gendarmes lo sacan a empujones.

Quimey, con Silver presidiéndolo, corre por la costa del río hasta los cañaverales. Agitado, mira desesperado cada rincón del lugar. Wanda no está por ningún lado.

-A lo mejor en el vado -le dice a Silver y renuevan la marcha.

En el camino, en unos árboles semihundidos en el pantano a la orilla del río, Quimey alcanza a divisar una ropa encajada en las ramas más distantes. Se introduce en el agua y nada hasta el lugar.

-¡Es la ropa de Wanda! –exclama sorprendido–. Debe estar aquí cerca...

Sale del agua y busca desesperado entre los matorrales.

-Silver, busca la niña –le ordena al perro, que mueve la cola y comienza a olfatear el lugar. Se pierde entre los árboles y al rato vuelve, se sienta al lado de Quimey y se queda muy quieto.

-¿No la encontraste? ¡Yo tampoco! –exclama casi llorando–. Sigamos buscando...

Cuando ya es noche cerrada, el joven se da cuenta de que es inútil seguir y regresa desilusionado:

-Mañana vendré con la lancha de la patrulla... -murmura mientras el perro camina a su lado.

Cuando llega al grupo de chozas y casas de la comunidad, entra en la suya y se desploma en una de las sillas de madera tapizadas con cuero de vaca que su padre ha fabricado.

Inmediatamente se acercan Ivone y Nehuén:

-¿Qué pasó hijo? –preguntan al unísono.

El joven explica en pocas palabras lo sucedido y se abraza a su madre llorando.

-No la encontramos, Sayen... No la encontramos... -se separa de su madre y le dice con ojos vidriosos–. Le pido a Dios que la corriente no la haya llevado hasta el lago... allí nadie sobrevive...

Su padre trata de calmarlo.

-No pienses lo peor, hijo... -lo palmea en la espalda, aunque él mismo no está convencido de lo contrario.

Los próximos tres días, la patrulla recorre el río hasta el lago, observando la orilla detenidamente. No hay rastros de pisadas humanas. "Es inútil", piensa Eluney que ha acompañado a su hermano, "la corriente la llevó hasta el lago", pero no deja traslucir sus dudas, por amor a Quimey.

Cuando regresan al tercer día, Silver, al que siempre llevaron en la lancha, comienza a ladrar hacia una roca. Los gendarmes encallan la lancha en la arena y se bajan, siguiendo al perro, que sigue ladrando hacia la pendiente.

De repente, sale corriendo un conejo. Se escuchan varios suspiros y regresan a la lancha desilusionados.

Nadie hace ningún comentario. Quimey llora en silencio.

Después de trasladar a Bruno, un gendarme ordena al radio operador:

-Comuníquese con la base de Bariloche para avisarle al abogado que atrapamos a uno de la banda del Turco... que se presente lo más rápido que pueda, antes que se nos vuelva a escapar...

El subalterno obedece y cuando pasan algunas horas, aparece Carlos.

-¿Me mandaron llamar? –pregunta interesado-. ¿Hay alguna novedad?

-Sí… -le contesta el oficial–. Se presentó Bruno Saldívar, un integrante del grupo del Turco. Venía trayendo una muchacha ensangrentada. Se entregó para que la atendiéramos… Aquí está el documento de la joven…

Cuando Carlos lee el nombre y apellido, queda petrificado:

-Wanda Bergman… ¡No puede ser, Dios mío! –se dirige al

oficial y le pregunta imperiosamente-: ¿Dónde llevaron la muchacha que trajo Bruno?

La enfermera señala una sala del interior y Carlos sale disparado. Los demás se miran intrigados y lo siguen.

El abogado entra sin llamar y queda contemplando la joven inconsciente que descansa en una cama. Al observar el cabello rizado y de color rojizo, se lleva una mano a la boca y murmura:

–Wanda… -No tiene dudas de que es su sobrina. Sin dar explicaciones, sale, sube a su automóvil y acelera.

"Esto tiene que saberlo Doris… Y, ¿cómo reaccionarán Alfred y Judit? ¡Dios mío! ¡Casi no lo puedo creer!".

CAPÍTULO 11

El encuentro con Liese

Carlos llega a su hogar, detiene el automóvil y se baja de un salto.

-¡Doris! ¡Doris! –llama desesperado a su esposa. Ella aparece en la puerta de la cocina limpiándose las manos en un repasador.

-¿Qué pasa? ¡Tantos gritos!

-No lo vas a creer –le dice Carlos, tomándola por los hombros–. Encontraron a Wanda…

La mujer cree no haber oído bien.

-¡Estás delirando…! –comenta asombrada.

-¡Noooo…! Es Wanda… Está en el dispensario del destacamento… -En pocas palabras explica cómo encontró a su sobrina–. ¡Tenemos que avisarles a Judith y Alfred…!

-Espera… espera… ¿Y si no es ella?

-No tengo dudas, Doris… Hasta tienen su documento… -Toma a su esposa por la mano y la lleva hacia el vehículo. Doris tira el repasador en un sillón de la entrada y sigue la carrera de su esposo.

Cuando llegan a la fábrica donde trabajan Judith y Alfred, ambos los miran en silencio. Las lágrimas corren por sus mejillas. La pareja no entiende lo que pasa y Alfred pregunta:

-¿A qué se debe este alboroto?

-Encontramos a Wanda… -alcanza a decir Carlos en un murmullo. Judith palidece y su cuñado la sostiene, pensando que se va a desmayar. Alfred está paralizado, sin poder hablar.

Doris, comprendiendo la emoción de su hermano y cuñada, les explica, sintéticamente lo que su esposo le contó.

-¡Dónde está nuestra hija? –se escucha el grito aterrador de Alfred.

Sin más explicaciones, Carlos los lleva hasta su automóvil, acelera y emprenden la marcha.

Al llegar al dispensario, saltan del vehículo e irrumpen llorando y gesticulando palabras que la enfermera de la entrada no entiende. Cuando quiere preguntarles el motivo de ese revuelo, los recién llegados ya están en la habitación. Carlos señala a Liese, dormida.

-Por favor, no la despierten –dice el médico, sin entender–. Le he dado un sedante para tranquilizarla…

A Judith y Alfred no le hacen falta explicaciones, se abrazan llorando.

-Es Wanda… ¡Por fin la encontramos!

La madre se acerca a la cama, en el momento que la enferma mueve su cabeza hacia un costado.

-¡Es Liese! –exclama señalando el lunar de su cuello.

Alfred se acerca.

-¡Tienes razón! ¡No es Wanda!

Carlos no comprende la confusión y va en busca del documento que le mostraron.

-Aquí dice Wanda Bergman… -explica, mostrándoles el papel.

Los esposos leen detenidamente.

-El documento es de Wanda… No hay duda… Pero esta muchacha es Liese… No la podríamos confundir… -explica Alfred releyendo el papel.

Los esposos se miran… No tienen explicación. El médico interviene:

-No sé cómo se llama la muchacha… Pero ha perdido mucha sangre y si no le hacemos una transfusión, no creo que sobreviva… Pero no conseguimos su grupo sanguíneo entre la gente del destacamento.

Alfred se adelanta:

-Pruebe con mi sangre, doctor… Estoy seguro que será la que necesita mi hija…

El facultativo no entiende esa explicación: "¿Su hija? ¿Y entonces quién es el hombre que la trajo?". Después tendrá tiempo de preguntar. Ahora se dedica a sacar sangre del brazo de Alfred, que ya se ha levantado la manga. Manda el tubo a la pequeña habitación contigua y al momento aparece un enfermero, el cual inclina la cabeza afirmando.

El médico acuesta a Alfred en una camilla al lado de la muchacha y conecta las mangueras en ambos brazos. La sangre fluye, mientras todos observan expectantes. Especialmente el facultativo.

-Espero que esto baste… La muchacha está muy débil…

Judith ora en silencio: "Ahora que la encontramos, Señor, no podemos perderla… Ayúdanos…".

Mientras recibe la sangre, Liese comienza a cambiar su palidez.

"Creo que hay esperanzas", piensa el médico, pero no dice nada para no crear falsas expectativas.

-¡Quimey…! ¡Quimey…! –llama a gritos Eluney bajando de un Jeep de gendarmería.

Todos salen de sus viviendas ante la desacostumbrada actitud del muchacho.

Quimey aparece. Tiene grandes ojeras…

-¡Encontraron a Wanda…! Está en el dispensario… -explica Eluney sin aliento.

Al hermano no le hace falta ninguna palabra más. Corre hacia el Jeep y salta al volante. Antes de salir vienen corriendo sus padres.

-Vamos contigo… -alcanzan a subir con el vehículo en marcha. Al ir alejándose, Ivone grita a su hijo.

-Dile a Cuyén que cuide el bebé…

Quimey maneja en silencio, acelerando a fondo. Su madre quiere reprenderlo, pero Nehuén la detiene.

-Agárrate fuerte… -le indica, mientras el Jeep salta y derrapa en el camino.

Al llegar, el joven salta del vehículo todavía en marcha y entra al dispensario hecho una tromba.

-¿Dónde está? ¿Dónde está? –pregunta desesperado.

La enfermera lo mira sin entender. Suponiendo que es otro que busca a Wanda, señala la sala.

Quimey corre y abre la puerta sin golpear. Todas las miradas se posan en él. Va hasta la cama y queda inmóvil.

-¡No es Wanda…! –exclama con voz entrecortada.

Ivone y Nehuén llegan en ese instante.

-¿Por qué dices que no es Wanda? –le preguntan al unísono. Miran a la muchacha que está recibiendo sangre de su padre y quedan pasmados-. ¡Es idéntica!

-Sí… -afirma Quimey–, pero no es ella… Tiene el cabello corto, restos de maquillaje… ¿Cuándo viste que Wanda se pintara así los ojos?

Ivone observa mejor a la muchacha y se da cuenta de que su hijo tiene razón. "Pero, entonces, ¿por qué es tan parecida a Wanda?".

Al principio del alboroto, Judith no entendía lo que estaba pasando, pero al escuchar el nombre de su hija, se acerca a los recién llegados angustiada:

-¿Ustedes conocen a Wanda? –pregunta, tomando del brazo a Ivone que recién advierte las demás personas que están en la habitación.

-¡Claro que conozco a Wanda! –exclama indignada–. Si creció con nosotros…

Alfred se levanta apoyado en el codo del brazo libre.

-¿Dónde conocieron a nuestra hija? –pregunta con desesperación-. ¿Dónde está ella?

Nehuén, que hasta ahora se ha limitado a escuchar y observar, interviene:

-¡Por favor! ¡Cálmense! A los gritos no nos podemos entender…

Los demás, comprendiendo que el hombre tiene razón, callan y permanecen quietos. Pero intercambian miradas entre acusadoras e interrogantes.

Cuando pasa la confusión, Judith pregunta despacio, tratando de contener su ansiedad:

-¿Cómo conocieron a Wanda?

Ivone explica, también en voz serena, los pormenores y detalles de lo sucedido hace casi veinte años. Concluye diciendo:

-Supimos su nombre porque lo llevaba bordado en una camisetita…

-Yo se lo bordé… Y se la ponía siempre… -Judith, mientras escucha el relato, va comprendiendo-. ¿Dónde está mi hija? –pregunta llorando.

-Se la llevó el río… -interviene Quimey–. Se tiró para salvar un bebé que habían arrojado desde el puente… y la corriente del agua… -se detiene por el llanto.

En ese momento, Liese abre los ojos soñolienta. Mira los rostros extraños que la contemplan y pregunta a media voz:

-¿Dónde está Bruno?

Se acerca el médico.

-Ha reaccionado… -comenta, tomando el pulso de la joven–. La transfusión ha dado resultado… -inmediatamente ordena–: Ahora, señores… Deben desalojar la habitación. La enferma necesita tranquilidad… -Pero cuando Alfred trata de pararse, agrega–: Usted todavía no… se puede marear…

Todos caminan en silencio por el pasillo hasta estar fuera del dispensario, donde comienzan las preguntas y la confusión, hasta que Carlos, con voz potente reclama:

-¡Por favor…! Tengan compostura… De esa manera no podremos llegar a nada… Voy hasta el penal… Ese tal Bruno me dirá de dónde trajo a Liese y así resolveremos varios problemas…

Los presentes asienten en silencio y se dirigen en distintas direcciones, pero sin alejarse del lugar.

Doris y Judith lloran abrazadas. Quimey vuelve al Jeep y se deja caer en el asiento. Ivone y Nehuén lo contemplan llorando. Ha pasado la confusión, pero en el corazón de cada uno quedan misterios sin resolver.

CAPÍTULO 12

La confesión de Bruno

Bruno, después de almorzar, camina despacio por el pasillo que lleva a su celda. En el camino es interceptado por un joven:

-¡Bruno! ¿Cuándo te atraparon? –La pregunta procede de los labios de Federico.

El hombre lo mira y, sin contestar, mueve la cabeza y trata de seguir caminando. El joven lo detiene aferrándose a su brazo.

-¿Dónde está Wanda? ¿Cómo está…? –Quiere hacer más preguntas, pero se detiene ante el gesto de asco que observa en el rostro de su amigo.

-¿Tenés el coraje de preguntar por Wanda, cuando la abandonaste en la cordillera?

-¡No Bruno! –exclama angustiado Federico–. No la abandoné… Cuando vi que venía la patrulla hacia nosotros, salí corriendo para que me sigan a mí y no la atrapen también a ella…

El hombre queda sorprendido un momento y luego abraza

fuertemente al muchacho mientras murmura:

-Me parecía extraño que abandonaras a mi reina, sabiendo cuánto la amabas…

Después de unos momentos, Federico indaga:

-¿La atraparon también a ella? ¿Dónde está?

En pocas palabras Bruno explica lo sucedido. Pero cuando dice que Liese dio a luz, no puede seguir, porque el joven lo interrumpe angustiado.

-¿Ya nació nuestro bebé? ¡Dios mío! Y, ¡dónde están ahora?

El hombre baja la vista, avergonzado.

-Tu hijo nació muerto… Wanda empezó a perder mucha sangre… No quise que lo viera así y lo tiré al río…

-¡¿Qué…?! ¿Por qué hiciste eso?

-Te expliqué… Era más importante la vida de Wanda… Estaba desmayada y perdía mucha sangre… El bebé ya estaba muerto…

Ante la desolación de Federico, Bruno termina de contarle lo sucedido.

-¡No puede ser! ¡No puede ser! –exclama el joven llorando–. Yo traté de salvarla… -toma su cabeza con ambas manos y se tira los cabellos.

Un guardia se acerca y ordena:

-¡A sus celdas!

Los amigos se separan en silencio. Cada uno con sus propios pensamientos.

A media tarde del día siguiente, vienen a buscar a Bruno.

-Tenés visita… -explica el guardia, poniéndole las esposas–. Es un abogado… -Lo toma del brazo y lo conduce a la sala correspondiente. Allí lo espera un hombre bien trajeado.

-¿Usted es Bruno Saldívar? –pregunta Carlos, ofreciéndole un asiento al recién llegado.

Bruno asiente y lo mira en silencio, sentándose del otro lado de la mesa.

-Necesito que me dé algunas explicaciones… -le indica, el abogado, haciendo lo propio-. ¿Dónde conoció a la muchacha que llevó al dispensario?

Antes de contestar, Bruno pregunta ansioso:

-¿Cómo está Wanda? ¿La pudieron salvar?

Carlos asiente y le explica:

-La muchacha que usted llevó no se llama Wanda, sino Liese… Son gemelas… por eso la confusión…

Bruno, con la mirada perdida, exclama:

-Nos confundimos de documento… La otra era Wanda…

-Eso quiero que me explique… ¿Dónde conoció a Liese?

El preso cuenta, con los mayores detalles que recuerda, cómo encontraron a Liese:

-En el auto volcado había cuatro documentos… Por las edades, calculamos que los de mayor edad eran los difuntos y los volví a colocar en la guantera, para que cuando los encontraran supieran quiénes eran… -se detiene un momento y añade–: Había dos documentos más… Por las edades, calculamos que eran mellizas… Pero en el auto había una sola sillita… Y como los nombres de los otros papeles eran los dos difíciles, elegimos llamar Wanda a la beba que encontramos, porque era más fácil de recordar…

-Y, ¿por qué salvaron una sola beba?

Bruno mira a Carlos y mueve la cabeza:

-¿No escuchó que le dije que en el auto había una sola sillita?… Buscamos por todos lados, pero no encontramos la otra… Calculamos que no la traían o que el auto la había despedido y con la nieve que había… -Bruno se encoge de hombros, y mirando a los ojos de Carlos, añade–: Le aseguro que buscamos a alguien que la conociera o que nos diera algún dato, pero nadie preguntó por ella…

-Y, ¿quién era la otra persona que la encontró?… Usted siempre habla en plural…

-Era mi pareja en ese momento, pero discutimos… Yo quería quedarme con Wan… -se detiene, al darse cuenta de su confusión–, con la beba que encontramos, y ella no quería, así que me abandonó y se fue con el Turco… al poco tiempo me enteré que había muerto de sobredosis… Yo se lo anticipé…

-De eso también quiero hablarle… -Carlos deja la conversación anterior. Ya sabe lo suficiente–. Usted, junto con otro joven que está detenido aquí… -busca en el portafolio unos papeles–, que se llama… se llama…

-Federico Asís… -aclara Bruno, calculando de quién se trata–. Sí… Los dos pertenecíamos a la banda del Turco…

-¡A eso quería llegar! –exclama Carlos aliviado-. ¿Me puede decir dónde podemos encontrar a ese delincuente?

Bruno mira al abogado en silencio, luego pregunta:

-¿Usted pretende hacerme "boleta"? ¿No sabe las conexiones que tiene el Turco? Si lo delato, soy hombre muerto… No, olvídese… -concluye contundente el preso.

Carlos le explica que no debe temer, porque el delincuente no sabrá quién lo delató. Además, con el agregado de haberse entregado para salvar a Liese, le pueden disminuir la condena. Bruno piensa un rato.

-No sé… ese tipo es muy difícil de atrapar… tiene muchas conexiones y lugares dónde esconderse…

Carlos insiste explicando las ventajas que tendrá si delata a su amigo.

-Y ¿qué le pasará a Federico? –pregunta el hombre interesado–. ¿También lo ayudará a él?

-Si ambos colaboran con nosotros –explica el abogado–, le aseguro que pronto los sacaré de aquí…

No muy convencido, Bruno se levanta de su silla.

-Hablaré con Federico… -saluda y se va con el guardia que lo está esperando.

Con las dudas aclaradas, Carlos regresa al dispensario, donde lo están esperando ansiosos, a pesar que ya es noche cerrada. Alfred se ha unido al grupo que, de a uno, se turnan para ver a Liese que descansa más aliviada. Ella también tiene muchas preguntas, pero el médico le prohíbe hablar por el momento, así que se conforma con las explicaciones que va recibiendo de cada uno de los visitantes.

El que se ha retirado es Quimey, con su madre. El primero, para no escuchar las conversaciones que le causan dolor, y la segunda para ir a cuidar el bebé que ya ha reaccionado.

En el camino de regreso, Ivone observa el llanto silencioso

de su hijo.

-Tengo que pedirte perdón, Quimey –El joven vuelve el rostro hacia ella, sin entender–. Primero trajiste el bebé y saliste corriendo sin dar explicaciones y luego Eluney nos trajo la noticia que Wanda estaba internada porque había tenido un hijo…

-Y tú pensaste que ese bebé era mío… -concluye el hijo, tristemente-. ¡Ay, Sayen…! ¡Cuánto desearía que fuera así! Ahora me arrepiento de no haberle propuesto matrimonio a Wanda… Por lo menos así la tendría todavía… -El joven traga saliva, ahogando el llanto.

-Perdóname hijo por haber pensado eso… ¡Soy una estúpida! Tú siempre me dijiste que no te animabas ni a darle un beso… -A ella también se le quiebra la voz–. Además, Wanda tampoco era capaz de algo así… Tenía mucho temor de Dios…

A Quimey le duele escuchar a su madre hablar en pasado, dando por cierto que Wanda ha muerto. Él todavía conserva alguna esperanza.

En el dispensario, Nehuén ha escuchado atentamente las explicaciones de Carlos. Meditando un poco, exclama:

-¡Entonces, el bebé que salvó Wanda es su propio sobrino! -Las miradas se posan en el hombre–. Bruno dice que tiró el bebé del puente, y Quimey que Wanda lo salvó… Quiere decir… -No puede terminar porque nuevamente comienzan las exclamaciones, los llantos y la confusión.

Alfred y Judith se abrazan llorando.

-Tiene razón Nehuén. ¡Tenemos que decírselo a Liese! Ella piensa que su bebé ha muerto…

Irrumpen nuevamente en el dispensario, pero son detenidos por la enfermera de guardia.

-No pueden pasar… la señorita está muy débil todavía… Tengo órdenes del doctor que la dejen descansar…

CAPÍTULO 13

Las preguntas de Liese

Liese despierta después de un largo sueño. A su mente vienen imágenes y palabras entremezcladas. No sabe bien si soñó o escuchó lo que recuerda. "Me hablaron de una hermana… de mis padres… ¡Tantos rostros que pasan por mi mente!". Se toca la frente con una mano, "¿estuve despierta o tendré fiebre?". Mira hacia todos lados, confundida. "¿Y Bruno? ¿Por qué no está conmigo si veníamos juntos?". De repente recuerda algo y se toca el vientre. "¡Dios mío! ¡Mi hijo ya nació! Pero… ¿dónde está?".

En ese momento entra una enfermera y, al verla despierta, pregunta:

-¿Cómo está la joven? –Se llega hasta la cama, le toma la tensión y, sin decir nada más, le pone el termómetro en la boca.

Liese la mira desconcertada:

-¿Dónde estoy? –pregunta gorjeando por el termómetro en su boca.

-Shhh… –La enfermera la reprende sonriendo–. Estás en el dispensario de gendarmería… Ayer te trajo un señor… tenías una hemorragia tremenda… El doctor hizo lo que pudo… Necesitabas sangre, pero no podíamos encontrar, hasta que vino un señor que dijo ser tu padre y…

Liese la interrumpe, sacándose el termómetro de la boca:

-¿Mi padre? –pregunta levantándose un poco. Se marea y se deja caer en la almohada–. Yo no tengo padres… Bruno los buscó, pero nunca los encontró… -explica cerrando los ojos.

La enfermera la cubre con las sábanas y se levanta:

-Voy a llamar al doctor… Ya estás mucho mejor… -Junta los instrumentos y sale de la habitación.

Con las explicaciones de la enfermera, Liese está más confundida aún. Trata de recordar lo sucedido el día anterior, pero se mezclan rostros, palabras y conversaciones en su mente y no puede coordinar sus pensamientos.

Entra el médico:

-¡Hola, enfermita! –saluda a Liese-. ¡Te volvieron los colores! Ayer creíamos que te perdíamos… Tenías una hemorragia tremenda… -le toma el pulso y sonríe-: ¿Descansaste bien? –la joven asiente sin hablar-. ¡Menos mal que vino tu padre porque…

-¿Mi padre, dijo usted? –lo interrumpe Liese.

-Al menos eso es lo que él dijo… -El médico se encoge de hombros–. Y creo que debe tener razón porque tiene tu misma sangre… ¿No lo conoces?

La joven lo mira asustada:

-Yo no tengo padre… Me crio Bruno…

-¿El hombre que te trajo?

-Calculo que sí… yo no tenía conocimiento… veníamos hacia aquí… comencé a tener dolores muy fuertes… -se detiene pensando–. No recuerdo más…

-Cuando llegaste estabas muy mal… Ese tal Bruno, ¿era el padre de la criatura que perdiste?

-¡Oh, no…! Él es el hombre más bueno que conozco… -explica la joven, confundida-. ¿Dijo usted que perdí a mi hijo?

El médico asiente, pero al ver que la muchacha palidece nuevamente, la recrimina:

-Bueno… no te pongas nerviosa que te hace mal… Te voy a poner un calmante para que duermas otro rato… Cuando te sientas mejor, te irás enterando de todo –Toma una jeringa y le coloca la inyección.

Liese siente que se le cierran los ojos. Con el último momento de lucidez, pregunta:

-¿Dónde está Bruno?

-No lo sé… Ni bien llegó, vinieron unos gendarmes, lo esposaron y lo llevaron… -Para tranquilizarla, agrega–: Cuando se iba me rogó que no te dejara morir…

Liese sonríe y murmura entre dientes:

-Él es así… hace cualquier cosa por mí… -No puede seguir porque los párpados se le cierran.

Mientras tanto van llegando al dispensario Carlos, Doris y los padres de las gemelas, pero cuando intentan entrar, son detenidos por el médico.

-Todavía está muy débil la muchacha… Le puse un calmante y descansa… Por ahora, no pueden pasar… ¡Por favor! Sean prudentes… -Al ver los rostros tensos de los recién llegados, agrega–: La joven está evolucionando bien… No se preocupen…

Más aliviados con esa explicación, se sientan en la sala de espera, en silencio.

Pasan algunas horas. Alfred y Judith miran el reloj repetidas veces, cada vez más impacientes. Doris se reclina en el hombro de su esposo, cierra los ojos y trata de conciliar el sueño por un rato, pero es imposible. La ansiedad los consume a todos.

De repente, entra a la sala Ivone, con un bebé en brazos acompañada de su esposo.

Al verla, los demás, se levantan y van hacia ella.

-¿Es el hijito de Liese? –se anima a preguntar Judith. Ivone afirma y al momento es rodeada por todos. Las mujeres piden alzarlo, los hombres lo tocan suavemente, pero en los rostros se dibujan sonrisas mezcladas con lágrimas.

En ese momento se acerca la enfermera:

-La joven ya despertó… -explica, pero cuando se da cuenta que todos tienen la intención de entrar en la habitación, los intercepta en el pasillo–: Un momento… El doctor dice que puede entrar uno a la vez… Los demás tendrán que esperar… -Desilusionados, vuelven a sus asientos-. ¿Y bien? ¿Quién va a entrar primero?

Judith se levanta decidida:

-Yo… quiero ver a mi hija…

-No le hable mucho –le ordena la enfermera–. Todavía está muy débil…

Judith asiente y, caminando despacio, llega hasta la puerta de la habitación, golpea suavemente y entra.

Liese mira a la recién llegada, sorprendida.

-¿Quién es usted? –pregunta, mientras trata de recordarla entre la confusión de rostros que vio el día anterior.

-Soy tu madre… -explica suavemente Judith, llegando hasta la cama-. ¡Por fin te encontramos Liese! –exclama llorando.

-¿Liese? –se asombra ante ese nombre–. Yo me llamo Wanda…

-¡Oh, no…! –Judith se sienta al borde de la cama y le explica, lo mejor que puede, la confusión.

-No entiendo bien… -se excusa la muchacha–. Pero, si usted es mi madre… ¿Por qué no me buscó antes…?

-Te buscamos, Liese –explica llorando la madre–. No te imaginas cuánto te buscamos… Pero tus abuelos te sacaron de Alemania y…

-¿De Alemania? –pregunta la joven extrañada e impaciente-. ¿Qué está diciendo? Bruno me contó que me encontraron en la cordillera…

-Si… Y fue así… -Judith, de la mejor manera posible cuenta lo sucedido hace casi veinte años. Está terminando su relato, cuando es interrumpida por unos golpecitos en la puerta–. Alguien más quiere verte, hija… -besa tiernamente a la joven y se retira, dando paso a Alfred, quién llega hasta la cama y solamente se limita a mirar a su hija y llorar.

Liese siente que sus entrañas se retuercen de emoción.

-¿Tú eres el que me diste sangre? –pregunta, acompañando el llanto de Alfred. Él asiente en silencio y abraza a su hija que le estira los brazos. Quedan un rato en esa posición. Se escucha solamente el llanto de ambos. Alfred toma el rostro de su hija entre las manos y la besa una y otra vez.

Cuando se repone un poco de la emoción, Liese pregunta:

-¿Cómo me encontraron?

Su padre le explica, sintéticamente lo sucedido, sin dejar de llorar.

-Ahora no nos vamos a separar más… -termina, abrazando nuevamente a la joven.

Se produce una larga procesión de visitantes. Entra uno y sale otro. A esta altura, ya Liese puede distinguir los confusos rostros que tenía en su memoria. También se le van aclarando las preguntas que tenía en su mente. Está cada vez más emocionada, hasta que entra Ivone, con un bebé en brazos.

Liese no comprende, pero presiente algo y pregunta:

-¿De quién es ese bebé tan lindo?

-Es tu hijo, Liese…

La joven se lleva ambas manos a la boca y exclama:

-¡Mi hijo! ¡No puede ser! –mira a Ivone y al bebé varias veces-. ¡El doctor me dijo que yo había perdido a mi hijo…!

-Y lo hubieras perdido si Wanda no lo hubiera rescatado del río…

-¿Wanda? –Liese comienza a temblar-. ¡Mi hermana!

Ivone asiente y, al ver que la muchacha intenta levantarse, la detiene y le deposita el bebé en sus brazos.

La joven mira admirada su rostro, sus manitos, su carita y lo cubre de besos y lágrimas.

Ivone contempla emocionada la escena. No se anima a hablar, hasta que la joven le dice emocionada:

-Me dijeron que usted crio a mi hermana… ¿Dónde está ella? La quiero conocer…

Una convulsión no permite a la mujer hablar por un rato. Calmándose, explica:

-Ella salvó tu bebé, pero se la llevó el río… -explica brevemente, pero al ver la expresión de susto y confusión de Liese, se calma y relata lo sucedido.

Al finalizar, la joven exclama:

-¡Qué tristeza! Ahora que me entero que tengo una hermana, no la puedo conocer…

-Si te miras al espejo, la vas a ver… Era idéntica a ti… Solamente que tenía el cabello largo, que se recogía en una trenza… ¡Siempre renegaba cuando se quería peinar! Le costaba desenredarse los rulos…

El bebé comienza a llorar. Liese no sabe qué hacer e intenta entregárselo a Ivone. Ésta lo rechaza:

-Debe tener hambre… -le dice despacito–. Prueba darle de mamar…

La joven la mira confundida. La mujer, comprensiva, coloca el bebé en el pecho de Liese y, al ver que le cuesta amamantarlo, la ayuda hasta que el hambre del pequeño hace su trabajo.

CAPÍTULO 14

De regreso a casa

Liese ya está viviendo con sus padres en Bariloche. Alfred y Judith abrazan y besan repetidas veces a su hija y a su nieto. Les parece increíble tenerla de nuevo después de tantos años.

-¡Pensar que ya somos abuelos! –exclama Judith abrazada a su esposo–. No sólo encontramos a nuestra hija… También tenemos un nieto… -Su rostro se entristece y sus ojos se llenan de lágrimas-. ¡Cómo desearía tener también a Wanda…! ¡Pobre hija…! ¡Entregó su vida para salvar su sobrino, sin saberlo…!

Alfred acaricia su espalda suavemente:

-Wanda era del Señor –consuela a su esposa con voz quebrada–. En el cielo la volveremos a ver…

Al escuchar la última frase de su madre, Liese se acerca con su hijo y con el brazo libre, abraza a sus padres:

-A mí me hubiera gustado conocer a Wanda… -Ella también llora–. Agradecerle lo que hizo por mi hijo…

Sus padres la abrazan y la cubren de besos. El bebé protesta al ser aplastado y ellos se separan, comprensivos y se sientan en los sillones que adornan la habitación. Quedan un rato en silencio, hasta que Judith pregunta:

-¿Qué nombre le vas a poner a tu hijo? Ya es hora que lo anotes…

Liese mira a sus padres y dice tímidamente:

-Quisiera que ustedes eligieran el nombre de mi bebé…

Los esposos se miran y casi al unísono exclaman:

-¡Ezequiel!

Ambos se ríen y la madre comenta:

-Cuando estaba embarazada de ustedes, no nos poníamos de acuerdo con el nombre de mujer. Él quería Wanda y yo, Liese. Cuando nacieron ustedes, como eran dos, le pusimos a cada una los nombres que queríamos, pero si era varón los dos estábamos de acuerdo en se llamara Ezequiel.

-Entonces el problema está resuelto: se llamará Ezequiel, el nombre de mi hermano –La joven se contiene un poco-. Digo… No tuvieron un hijo varón, pero ahora tienen un nieto -concluye Liese en una carcajada.

Los esposos siguen contestando las mil y una preguntas que tiene su hija para hacerles: Cómo nacieron, dónde vivieron, el nombre de sus abuelos, etc.

Después de un rato de conversación, quedan en silencio, hasta que Liese pregunta:

-¿Puedo pedirles algo?

Alfred y su esposa se miran y responden al unísono:

-¡Por supuesto hija! ¿Qué necesitas?

-Yo no necesito nada –se excusa Liese–. Pero desearía conocer a Quimey… Fue el único que no vino al dispensario cuando estaba internada… -La muchacha se detiene y agrega–: Yo lo entiendo… Perdió su novia por mi hijo… Pero ya que no tengo a mi hermana, quisiera agradecerle a él por lo que hicieron…

Los esposos se miran y al momento ayudan a su hija a poner las cosas del bebé en el bolso que compraron para ese fin y un rato después están viajando hacia la comunidad mapuche.

Al llegar, son recibidos por la familia alborozada ante esa visita inesperada. Después de saludar a todos los que ya conoció en el dispensario, Liese mira hacia todos lados y pregunta:

-¿Y Quimey? Todavía no lo conozco y quiero… -Se detiene. No se anima a seguir.

Ivone la toma del brazo, la lleva hacia afuera de la vivienda y le señala una silueta sentada arriba de una roca cercana:

-Ahí está… -La voz de la mujer se quiebra–. Viene de su trabajo y se sienta allí… Ya no come… casi no habla… ¡No sabemos cómo animarlo…!

Tímidamente, Liese pregunta:

-¿Puedo ir a hablar con él?

Ivone asiente. Los demás también salen de la vivienda y observan a la joven que camina tímidamente hacia la roca, con su bebé en brazos.

Al verla llegar, Quimey la mira y suelta el llanto, mirando hacia otro lado.

-Quiero agradecerte Quimey… -La voz de Liese también se quiebra–. Entiendo que no quieras mirarme… Mis padres dicen que soy muy parecida a Wanda… Y seguramente te la recuerdo… Solamente vine para darte las gracias… -El joven la mira con el rostro mojado por las lágrimas, pero no dice nada-. ¡Gracias, Quimey…! –balbucea Liese y con su cabeza gacha, comienza a caminar hacia la casa.

-¡Espera! –exclama el joven-. ¡No te vayas…! –baja de un salto la roca y llega hasta la joven–. Quiero conocer a tu bebé… Es el sobrino de Wanda…

Liese se detiene y se lo alcanza. Quimey lo toma en sus brazos y lo mira detenidamente:

-Es igual a Wan… -se calla, mirando a la joven y agrega–: Es igual a su mamá… -Lo besa y se lo devuelve a la madre. Gira y vuelve a la roca. Liese escucha el llanto del joven y se retuercen sus entrañas. Camina hasta donde están los demás que, al contemplar la escena, también acompañan su dolor con lágrimas.

-Por favor… -dice Liese en voz baja-. ¡Vámonos…!

Se saludan sin palabras y emprenden el regreso.

Hacen el viaje en silencio. Llegan y acomodan las cosas. Ninguno dice una palabra. Judith sirve la cena y después de comer, Alfred se retira al dormitorio.

Liese termina de amamantar a su hijo y se reúne con su madre para ayudarle a lavar los platos. Mientras realizan esa tarea, Judith corta el silencio:

-¿Te diste cuenta del dolor de ese muchacho? -Liese asiente, sin palabras. La madre prosigue–: Es tremendo para él que su novia haya entregado su vida para salvar a tu hijo… -La joven la mira, tratando de entender lo que está escuchando. Judith prosigue–: Si a él, siendo humano, le duele haber perdido su novia, ¿te imaginas el dolor de Dios al entregar a su Hijo para salvarnos a nosotros?

Liese, callada, seca sus manos en un repasador y se sienta pensativa:

-Desde que llegué me hablas de Dios y de Jesucristo, pero no entiendo qué me quieres decir…

Judith se sienta delante de ella y le toma una mano entre las suyas:

-Cuando esta tarde te veía disculparte ante Quimey, pensaba en el dolor de ese muchacho y en tus sentimientos… ¿Querías escuchar de sus labios que te había perdonado? ¿Verdad? –Liese asiente conmovida–. También Dios quisiera escuchar que le pides perdón por haber causado la muerte de su Hijo…

Liese levanta el rostro extrañada.

-¿Por qué me dices que yo causé la muerte del Hijo de Dios? ¡Ni siquiera lo conocí…!

Judith acaricia suavemente la mano de su hija:

-Ninguno de nosotros conoció personalmente a Jesús… Pero todos somos culpables de su muerte… Nuestros pecados fueron la causa… Él entregó su vida para que nosotros podamos llegarnos a Dios… -Se detiene un momento, observando la reacción de Liese y pregunta-: ¿Sabes que eres tan pecadora como yo?

La joven mira a su madre, incrédula.

-¿Tú pecadora…? ¿Qué estás diciendo mamá?

-Todos somos pecadores, hija… -dice Judith, comprensiva–. Algunos más y otros menos, pero todos hemos pecado… Y eso nos impide llegar a la presencia de Dios… Por eso vino

Cristo… Para entregar su vida y así pagar el precio que Dios exigía para salvarnos del pecado y del infierno…

-Pero… -interviene Liese desconcertada–, a Jesucristo lo mataron…

-No, hija… Él entregó su vida… Cristo es Dios y tenía todo el poder para bajar de esa cruz… Pero no lo hizo porque era el único modo de salvarnos a nosotros… -observando que Liese comienza a entender, prosigue entusiasmada–: Wanda dio su vida por salvar a tu hijito… y Cristo dio su vida para salvarte a ti…

-¿Y qué puedo hacer yo ahora?

-Hoy fuiste a pedirle perdón a Quimey… Dios está esperando que le pidas perdón por haber sido la causa de la muerte de su Hijo…

Liese abraza a su madre llorando.

-No sé cómo pedirle perdón a Dios… Yo sabía dónde buscar a Quimey, pero… ¿dónde está Él?

-Dios está en todas partes, hija… Está aquí en este momento… Solamente tienes que orar y Él te escucha…

-¿Así como ora papá dando gracias por los alimentos? No puede ser tan fácil…

Judith toma la cara de Liese entre las manos y le explica:

-Es fácil decirlo, pero tienes que sentir en tu interior que eres pecadora y que necesitas su perdón… ¿Quieres que te ayude a comunicarte con el Señor?

Liese asiente y su madre ora:

-Padre, esta noche mi hija ha comprendido que es pecadora

y necesita tu perdón. Recíbela como tu hija, Señor… -se detiene al escuchar que Liese comienza a balbucear su oración.

-Dios… No entiendo bien lo que mamá me dice… pero siento que necesito tu perdón… ¡Por favor, Señor, perdóname! –La joven abraza a su madre y continúa en un sollozo–. Y, por favor… que Quimey también me perdone…

-Dios ya te perdonó… -dice Judith separándola un poco–. Y Quimey también… Tú no tienes la culpa de la muerte de Wanda y él lo sabe… Además, cuando miró a tu hijo, me di cuenta de que ya te había perdonado…

La joven se limpia el rostro con el dorso de su mano.

-Si tú lo dices… -piensa un poco y prosigue-: Pero quisiera hacer algo por ese muchacho… ¡Está destrozado…!

Judith abraza de nuevo a su hija.

-El Señor le dará el consuelo que necesita… Solamente es cuestión de tiempo…

Juntas caminan hacia sus habitaciones y se despiden con un beso.

Al día siguiente son despertados por unos bocinazos que proceden del exterior. Alfred se levanta y, mirando el reloj, exclama:

-¿Quién viene a esta hora? –mira a Judith que, apurada, se pone la ropa dispuesta a salir. Él hace lo propio y, cuando salen al pasillo, encuentran a Liese, que también se ha despertado. La toman de la mano y salen.

-Es el automóvil de Carlos… -dice Judith confusa-. ¿Qué querrá a esta hora?

Del vehículo bajan dos hombres.

-¡¡Bruno!! –exclama Liese y corre a abrazar a su amigo-. ¿Cuándo saliste?

Ambos se funden en un abrazo. Los demás sólo los observan. Cuando pasa la primera emoción, Carlos explica:

-La policía ya tiene a la banda del Turco… Después de algunos trámites, obtuve la libertad de Bruno y no pudimos aguantar más… Por eso estamos aquí…

-¡Gracias Carlos! –exclama Liese, abrazada a Bruno–. Es el mejor regalo que podías hacerme…

Carlos sonríe y agrega:

-¡Tengo otra sorpresa para ti! –abre la puerta del automóvil y desciende un joven.

-¡Federico…! –grita Liese y, ante la sorpresa de todos, corre hasta el muchacho y comienza a pegarle con sus puños en el pecho-. ¡Maldito! ¿Por qué te fuiste cuando más te necesitaba?

El joven recibe los golpes sin moverse del lugar. Bruno llega hasta la muchacha y le toma los brazos.

-No es como vos pensás, mi reina… Cuando Federico vio que la patrulla venía hacia ustedes, corrió para que lo persiguieran a él y no te encontraran… Pero lo agarraron… -mirándola a los ojos, le dice–: Se arriesgó para salvar tu vida…

Liese permanece un momento en silencio, aturdida ante la noticia. Luego mira a Federico y lo abraza llorando.

-Perdón, mi amor, perdón… Yo pensaba…

-Te entiendo… No podías saber por qué salí corriendo… Bruno me contó que pensabas que te había abandonado… -La separa un poco y agrega-: ¿Cómo podría abandonarte cuando sos lo que más quiero…?

Aclarada la confusión, entran al hogar, charlando amigablemente y se sientan.

-¿No tienes algo que mostrarle a Federico? –pregunta Judith, divertida.

Liese piensa un momento y, comprendiendo la insinuación de su madre, corre al dormitorio y regresa con su hijo en brazos.

Bruno y Federico abren desmesuradamente los ojos:

-¿Es nuestro hijo? –pregunta el joven corriendo al encuentro de la joven. Mira al bebé, emocionado–. Yo pensé… Bruno me dijo… -mira a su amigo, que permanece sin entender.

-Pero nació muerto… -balbucea–. Yo lo tiré al río…

Carlos se acerca y se disculpa.

-Perdónenme… Con el apuro de agarrar al Turco y con el lío de papeles que tuve que hacer para liberarlos, no les dije lo que había pasado con vuestro bebé…

-Eso no importa ahora… -dice Federico mientras abraza a Liese y ambos contemplan embelesados a su hijito.

En un momento, entre Alfred, Judith y Carlos cuentan los pormenores de lo sucedido. Todos tienen una mezcla de alegría y dolor. Bruno y Federico ríen y lloran al mismo tiempo. La noticia los ha dejado helados, pero felices.

CAPÍTULO 15

Nuevas esperanzas

En la reservación, Ivone contempla a su hijo, sentado en la roca, abrazando sus rodillas y con la vista perdida en el infinito. Todos los días se repite esa escena.

La mujer se acerca. Quimey la mira y gira su rostro:

-¿Qué quieres, Sayen? –le pregunta, sin mirarla.

-Hijo… Estoy muy preocupada por ti… -dice su madre, con voz quebrada–. Hace casi dos meses que… -se detiene sin terminar la frase.

-Que Wanda desapareció… -aclara Quimey–. Eso ya lo sé…

Ivone lo mira un rato, sin hablar. Quiere encontrar las palabras para aconsejar a su hijo sin hacerlo sufrir más. Ora en silencio: "Señor, por favor, ¡ayúdame…!".

-Hijo… -le dice suavemente–. Sé que estás dolido… Wanda era lo que más querías…

-No la nombres, por favor…

-Está bien… Pero no puedes abandonarte… Dios te va a

ayudar…

-¿A qué…? ¿A olvidar a Wanda? –pregunta Quimey sarcástico-. ¡Eso nunca va a ocurrir!

-Pero tienes que seguir tu vida…

-Mi vida ya no tiene sentido, Sayen… Si no supiera que la vida la da y la quita Dios, ya me hubiera suicidado…

-¡No digas eso, por favor! –exclama Ivone horrorizada–. Trata de orar… leer la Biblia… Eso te ayudará…

-Traté de hacerlo… Pero no puedo… -Quimey se cubre el rostro-. ¿Por qué Dios se la llevó? ¡Ella era un ángel!

Ivone comprende que es inútil seguir hablando. El dolor de su hijo es demasiado grande. Se da cuenta de que en ese momento también se ha revelado contra Dios. Mueve la cabeza y se retira lentamente. "Perdónalo, Señor… Sé que íntimamente no siente lo mismo, pero tienes que darle tiempo…", ora en silencio, mientras camina.

Al día siguiente, ambos padres lo contemplan sentado en el mismo lugar de siempre.

-¿Cuándo se resignará a la pérdida de Wanda? –pregunta Nehuén, mirándolo.

-La amaba muchísimo… -comenta Ivone, distraída. Luego se corrige–: ambos se amaban… -queda un momento pensativa y agrega–: Ayer traté de hablar con él… De hacerlo reflexionar… Pero es inútil… En este momento está revelado también con el Señor…

-¡Pobre hijo…! Ya no le quedan ganas de vivir… -lamenta Nehuén–. Algún día se deberá resignar… El tiempo y Dios ayudarán… Conocerá otra muchacha…

Ivone lo mira recriminándolo.

-No le hables a Quimey de otra chica, porque seguro que se enfadará… Le resultará muy difícil olvidar a Wanda…

Nehuén se encoge de hombros y queda en silencio un rato. Observando que Silver, su perro, ladra furiosamente a Quimey y gira sobre sí mismo, comenta:

-¿Qué querrá ese animal? –medita un momento y camina hacia la roca donde está su hijo–. Quimey, Silver quiere que lo sigas…

-Habrá encontrado un conejo lastimado, como ayer, o un cervatillo herido como la semana pasada… -Se encoge de hombros–. Ya me cansé de seguirlo cada vez que me ladra…

Nehuén mira a su hijo y luego ordena al perro:

-Vamos Silver… ¿Qué encontraste esta vez? –Ante la orden, el animal comienza a correr por el sendero que bordea el río–. No tan rápido… -Silver se detiene, ladra nuevamente y vuelve a correr.

Llegan a un acantilado y el perro comienza a trepar las rocas a los saltos.

-Espera… Yo no puedo subir por aquí… -Nehuén costea las rocas hasta un paso más accesible y trepa. Silver lo espera, moviendo la cola.

Cuando el hombre logra llegar arriba, jadea repetidas veces y se aproxima hasta donde está el animal. A su lado hay algo que no alcanza a ver bien. Se acerca y queda helado.

-¡Dios mío! ¡Es Wanda…! –corre y trata de levantarla, pero ella no reacciona. Nehuén, impotente, no sabe qué hacer–. Tengo que llevarla a la reservación… Pero, ¿cómo? –Observa el cuerpo casi desnudo de la joven. Tiene el cabello sucio y enmarañado, sus huesos sobresalen en todo el cuerpo. El perro permanece sentado a su lado.

-¡Silver! –le ordena–. ¡Tienes que ir a buscar a Quimey! –El animal obedece inmediatamente, pero cuando se da vuelta para empezar a correr, Nehuén lo llama–: Espera… -Se saca un pañuelo que tiene en su cuello y lo coloca en la mochila del perro–. Muéstrale esto a mi hijo… Así se dará cuenta que lo necesito… Corre… Es urgente…

Nehuén se saca la campera que lleva puesta y cubre el cuerpo de Wanda, mientras le limpia un poco el barro pegado en su piel y algunas hormigas que la están picando. Alza su cuerpo fláccido: "¡Está helada!" –piensa dolorido–. "¿Cómo pudo sobrevivir tanto tiempo?"

Mientras desciende las rocas como puede, acerca lo más posible el cuerpo de la joven contra el suyo para infundirle calor.

Silver llega hasta la roca donde estaba Quimey, pero al comprobar que el muchacho ya se ha ido, corre hasta la casa, ladra y rasca la puerta con sus patas.

Ivone sale desconcertada.

-¿Qué pasa que haces tanto alboroto? –El perro sigue ladrando, se acerca y friega su cuerpo en las piernas de la mujer-. ¿Qué traes en la mochila? ¡Vamos a ver…! –desata la correa del cuello del animal y al comprobar que la prenda que saca es el pañuelo que siempre lleva Nehuén en el cuello, grita a su hijo: -¡Quimey! ¡Ven pronto, hijo! Algo le ha pasado a papá…

Al oír los gritos de su madre, el joven llega corriendo.

-¿Qué pasa, Sayen? –pregunta intrigado.

Ivone le muestra el pañuelo.

-Nehuén ha mandado a Silver… Algo le debe haber pasado… Siempre nos avisa así de algún peligro…

Quimey corre tras del perro que vuelve ladrando al sendero del río. El joven sigue el ritmo del animal hasta llegar al acantilado. Cuando intenta subir por las rocas, Silver se vuelve y penetra al bosque ladrando.

-Hijo, aquí… -Nehuén grita desesperado-: ¡Aquí estoy!

El joven se guía por la voz hasta que divisa a su padre, con un bulto en sus brazos. Corre a su encuentro.

-¿Qué encontró Silver esta vez? –pregunta bromeando–. Debe ser un animal gran… -Nehuén levanta la campera y le muestra lo que hay debajo de ella. Quimey queda helado-. ¡¡Wanda…!! ¡Dios mío…! ¿Cómo la encontraste?

Nehuén señala a Silver que, sentado a su lado, mueve la cola complacido.

El joven no necesita más explicaciones. Comprobando el estado de Wanda, la toma entre sus brazos y comienza a correr, lo más rápido que puede.

Sin el peso de la joven, Nehuén se adelanta, siguiendo a Silver que ladra y corre con la lengua afuera. Llega a la reservación y busca a su esposa desesperado. La encuentra en la salita de primeros auxilios, limpiando y acomodando el lugar.

-Ivone… -El hombre está tan agitado que dice las frases entrecortadas–: Encon…tramos a Wanda… Está incon…sciente… Quimey la trae…

La mujer lo mira desconcertada.

-¿Qué dices?

Nehuén se aprieta el pecho y trata de armar nuevamente una frase:

-Encontramos a Wanda…

Ivone abre desmesuradamente los ojos.

-¡Wanda! ¿Dónde está? ¿Cómo la encontraron? –Las preguntas se atropellan en su boca.

-La trae Quimey… -explica Nehuén desesperado–. Está inconsciente… Se ve muy mal… Hay que avisarle al doctor…

Ivone sale corriendo y grita:

-Eluney… -Al momento aparece su hijo-. ¡Por favor… ve al destacamento y pídeles que manden una ambulancia –El muchacho la mira desconcertado–. Encontraron a Wanda…

Al joven no le hace falta más explicaciones. Corre y salta al asiento del Jeep, poniéndolo en marcha, acelera y sale derrapando.

Quimey llega y entre Nehuén y su esposa, lo ayudan a acostar a Wanda en la camilla. Cuando Ivone saca la campera y contempla a la joven, se lleva la mano a la boca ahogando un grito. Inmediatamente busca una sábana y frazadas para envolver el cuerpo semidesnudo de la muchacha.

-Sayen… -La voz de Quimey es un ruego-: ¡Haz algo, por favor…!

Su madre toma la muñeca de la mano de Wanda. Mueve sus dedos, impaciente, buscando latidos. Al no encontrarlos allí, busca en alguna vena del cuello. Después de varios intentos, murmura:

-Su corazón ha dejado de latir…

-No puede ser… Su cuerpo no se ha endurecido… ¡Por favor, Sayen! Trata de inyectarle suero, como hiciste cuando la trajeron los perros aquella vez… -Quimey implora desesperado.

Sin decir nada, Ivone toma una jeringa e intenta encontrar alguna vena. Quiere comprobar si todavía corre sangre por el cuerpo de Wanda. Pincha varias veces el delgado brazo de la muchacha, sin conseguir su objetivo. Prueba nuevamente en el cuello y queda pasmada cuando la sangre comienza a fluir en la jeringa. Sin decir nada, corre al cuarto contiguo y vuelve con un frasco de suero. Utilizando la misma aguja que está en la vena del cuello de Wanda, conecta la manguera y regula el paso del líquido. "¡Ojalá resista!", piensa Ivone, con muy pocas esperanzas.

Quimey se sienta en una silla que le alcanza su padre y besa una y otra vez la mano de la muchacha, murmurando:

-Por favor, mi amor… No te rindas… -apoya su cabeza en la muchacha y eleva su corazón en un ruego–: Señor… por favor… no te la lleves…

Un rato después llega Eluney en el Jeep, seguido de una ambulancia. Bajan enfermeros con una camilla, mientras el doctor Rivero entra en la salita. Al comprobar el estado de la muchacha, mira a Ivone, que mueve su cabeza en forma negativa. Ordena el traslado de Wanda. Cuando están por cerrar la puerta de atrás del vehículo, Quimey salta a su interior y ayuda a su madre a subir.

-Vayamos directamente al hospital –ordena el médico al chofer–. En el dispensario no tenemos los elementos necesarios para atender a esta chica.

Un oficial del destacamento, avisado por Eluney, habla al

hospital para que tengan todo preparado para recibir la paciente.

Al llegar la ambulancia, rápidamente instalan a Wanda en terapia intensiva. Quimey forcejea con los enfermeros. No se quiere separar de la joven. Al momento, Ivone lo convence de que debe desalojar la sala para que los médicos trabajen libremente.

Mientras tanto Eluney habla al destacamento de Bariloche para que avisen a Carlos el paradero de la joven.

Es imposible describir la mezcla de sentimientos de Judith y Alfred cuando su cuñado les trasmite la noticia. Sin importarles su estado, ni la ropa que tienen puesta en ese momento, salen disparados.

-¡Por favor…! ¡Vamos al hospital…! –Liese, con Federico en sus brazos, ruega a Carlos, mientras sube al vehículo seguida de sus padres.

En el silencio de la sala de espera, se escuchan sollozos, suspiros y quejidos suaves.

Después de un rato, se abre la puerta de terapia y sale un médico:

-¿Alguno de ustedes es pariente cercano de la joven? –pregunta, mirando los rostros de las personas que lo rodean.

Todos comienzan a hablar simultáneamente, hasta que el médico los detiene:

-¡Por favor! ¡Calma, señores! Así no puedo entenderles… -Esa orden es suficiente para silenciar las voces-. ¿Alguno de ustedes es el padre o la madre de la muchacha?

Inmediatamente se adelantan Alfred y Judith.

-Nosotros somos sus padres, doctor…

El facultativo comienza a informar:

-El estado de la paciente es muy grave… En este momento está estable… Pero es muy difícil que resista… Está totalmente deshidratada y desnutrida… -mira el rostro desencajado de todos y prosigue–: Estamos haciendo todo lo que podemos… Pero no quiero darles falsas esperanzas…

Quimey se adelanta:

-¿Puedo entrar a verla? –pregunta angustiado.

-Por ahora no… -contesta el médico, tajante–. Los mantendremos informados… -se da vuelta y entra nuevamente a terapia.

Pasan las horas y todo sigue igual. Los informes médicos son similares.

Carlos y su esposa se levantan y van hasta Alfred y Judith, al otro lado de la sala.

-Yo voy a llevar a Doris. Necesitamos comer algo… -murmura Carlos muy despacio–. En seguida volvemos… Les traeremos algo de comer… ¿Necesitan algo más?

Los esposos hacen un movimiento negativo con la cabeza.

Al rato regresa la pareja con algunos alimentos. Alfred y Judith los reciben y comen algunos bocados, pero cuando le alcanzan a Quimey, éste los rechaza.

-Tienes que comer algo, hijo –Ivone acaricia suavemente la cabeza del joven–. Son muchas horas… Lo único que falta es que te enfermes tú también –le recrimina en voz baja.

Quimey la mira y recibe un sándwich, que deja a un costado.

Siguen pasando las horas. Se van turnando para ir a bañarse y comer. El único que no se ha movido del lugar es Quimey. Ningún consejo hace efecto en el joven.

Al tercer día sale un médico y pregunta:

-¿Alguno de ustedes es pariente cercano de la joven internada?

El joven da un salto acompañando a Judith y Alfred.

-Nosotros somos los padres –dice el esposo, acercándose.

-¿Y usted joven es su hermano? –pregunta el facultativo a Quimey.

-No… soy… -tartamudea– su novio.

-Vengan ustedes –ordena el médico a la pareja–. Usted joven, espere aquí…

Desaparecen en el interior de terapia.

-Surgió un grave problema –explica el doctor, destapando las piernas de Wanda–. La infección en una de sus piernas se ha convertido en gangrena… Necesitamos su autorización para amputarla…

Los esposos miran horrorizados el color morado en la extremidad de la muchacha y Judith esconde su cara en el pecho de Alfred para no gritar. El hombre frota su espalda y se dirige al médico:

-¿No existe otra solución? –pregunta desesperado.

-Tenía sus pies muy lastimados –explica el médico pausadamente–. Hicimos todo lo que estaba a nuestro alcance… La pierna derecha respondió bien a los antibióticos, pero la izquierda…

-Y si no la cortan, ¿qué puede pasar? –Judith gira su cabeza y mira al doctor llorando.

-Si la gangrena avanza y llega al cuerpo, ya no se puede hacer nada… En pocas horas morirá… -El doctor se compadece al dar esa noticia–. A los demás remedios está respondiendo bien… -trata de animarlos-. Aunque todavía está muy grave, tenemos esperanza… pero –señala la pierna de Wanda– esto es urgente… Necesitamos su autorización para intervenir…

Los esposos se abrazan llorando y Alfred toma el papel que le extiende el médico y firma.

Al salir, sus caras revelan su desesperación.

Quimey se acerca y, pensando lo peor, pregunta angustiado:

-¿Qué pasó?

Alfred toma del brazo al muchacho y lo lleva hacia un rincón de la sala:

-Tienen que amputarle una pierna a Wanda… -Quimey abre los ojos desmesuradamente y se lleva las manos a la boca para ahogar el grito que brota de su alma–. La infección se ha convertido en gangrena, y si no la detienen… puede morir…

Ivone llega hasta donde se encuentran los hombres y lleva del brazo a su hijo que llora desesperado. Lo abraza y acaricia un rato, tratando de reanimarlo, aunque ella está en el mismo estado.

De a poco, el joven se va calmando. Se sienta y esconde su cabeza entre las piernas:

-Aunque tenga que llevarla en brazos toda la vida, Señor, por favor que se salve… -dice esa frase en voz baja, pero en el silencio de la sala, todos la escuchan y se miran sollozando. Admiran la entereza del muchacho, pero ninguno dice nada.

CAPÍTULO 16

El milagro de Wanda

Pasan dos semanas más y cada día los informes son más alentadores. Quimey no se ha movido de la sala de espera desde que entraron a Wanda en terapia. Está ojeroso, desalineado. Su cabello y su barba han crecido. Sus padres, en los primeros días, le aconsejaron varias veces que vaya a comer e higienizarse, pero no consiguieron que les hiciera caso, por lo tanto, ya no insisten más. El joven come unos bocados de cualquier cosa y dormita en la misma silla, atento a cada movimiento que se produce en la habitación contigua. Cada vez que sale alguien a dar el parte médico, se levanta ansioso, esperando alguna noticia mejor. Después del informe, vuelve desanimado a la misma silla.

Ese día domingo, todos están presentes cuando sale un médico y les anuncia que pueden entrar, pero uno a la vez y con la recomendación de no llorar en su presencia.

-Está inconsciente –explica el facultativo–. Pero, por la reacción que tiene ante ciertos estímulos, sospechamos que puede escuchar y no sería conveniente que se retrasara en su recuperación… ¡Por favor, sean prudentes!

Quimey se adelanta y los demás le abren paso. Aunque están ansiosos por ver a Wanda, comprenden que él es el que más lo necesita.

El joven se acerca muy despacio y se arrodilla al lado de la cama. Tiene deseos de llorar, de gritar, pero se contiene. Observa que a Wanda le han cortado el cabello y tiene moretones en sus brazos. Todavía su aspecto es cadavérico, pero el rostro se ve tranquilo. Respira con dificultad a través de la máscara de oxígeno. Las entrañas de Quimey se convulsionan, pero se contiene recordando la recomendación del médico.

-Mi amor… -murmura tomando la mano de la joven y besándola repetidas veces-. ¡Por favor, resiste! ¡Tienes que ser fuerte como siempre lo fuiste! –No puede con la tentación y levanta las sábanas. Cuando ve las vendas que cubren el muñón en la rodilla de Wanda, se tapa la boca desesperado. Se contiene y prefiere salir para no llorar a gritos como quisiera. Corre hasta el baño de la sala y golpea las paredes desconsolado.

-"Wanda… mi Wanda…" –Las palabras se ahogan en su garganta. Se desliza hasta el suelo y queda abrazando sus rodillas, con la cabeza entre las piernas. Llora un rato. Se levanta lentamente y mira su rostro en el espejo. "Cuando Wanda despierte, no quiero que me vea así", murmura recriminándose a sí mismo ante la imagen que contempla. Sale decidido y pide las llaves del Jeep a Eluney.

Ivone hace señas con la cabeza y ordena suavemente a su hijo mayor:

-Acompaña a tu hermano… Quimey no está en condiciones de manejar…

De ahí en adelante, uno a uno se van turnando para entrar a terapia. Alfred y Judith esperan que pasen los demás, por temor que sus sentimientos los traicionen al ver a su hija. El rostro de cada uno que sale trasluce el dolor por lo que ha visto.

Finalmente, entran sus padres, tímidamente. Ya la vieron anteriormente, pero ahora son distintas las circunstancias. Sin decir palabra, se paran al lado de la cama, abrazados.

-Con su cabello corto, se parece aún más a Liese… -comenta Alfred, tratando de distraer a su esposa–. No se puede negar que son gemelas…

Judith afirma entre sonrisas y lágrimas. Permanecen un rato en silencio. Para ellos es increíble haberla encontrado cuando ya no tenían esperanzas de volver a verla. Los comentarios que habían escuchado desde que encontraron a Liese, afirmaban que Wanda había fallecido. Y ahora la observan extasiados. A pesar del aspecto de su hija, para ellos es maravilloso verla nuevamente, cuando ya se habían resignado a su pérdida.

Como Wanda está entubada por nariz, boca y extremidades, además de la máscara de oxígeno, Judith toma su mano entre las suyas y murmura:

-Hija querida… Despierta… Tu papá y yo te estaremos esperando…

Una enfermera se acerca.

-Deben retirarse… Fueron demasiadas visitas por hoy… La paciente necesita la mayor tranquilidad posible…

Los esposos afirman comprensivos y salen de terapia. Ya en la sala, se abrazan, se miran, ríen y lloran al mismo tiempo. Sus sentimientos son encontrados y contradictorios a la vez: alegría y tristeza se mezclan.

Al rato aparece Quimey. Con su rostro afeitado y el cabello corto, su palidez y ojeras resaltan más, pero su aspecto y humor han cambiado totalmente. Se ha vestido con su mejor ropa. Ante la mirada de asombro que observa en todos, explica:

-No quiero que cuando Wanda despierte, me vea en el estado que estaba…

Sus padres sonríen, aliviados ante el cambio de actitud de su hijo.

Pasa otra semana y la situación no cambia. A la hora de visita se turnan para entrar a terapia. Siempre Quimey es el primero.

En el silencio de la sala de espera, un día escuchan a través de las paredes a una enfermera que dice en voz bien alta:

-Doctor… La paciente abrió los ojos…

Los presentes en la sala se levantan como un resorte. Quedan en silencio, expectantes.

Momentos después, un médico sale a informarles:

-La paciente ha reaccionado… Ya está en condiciones de ser trasladada a terapia intermedia… Ahí la podrán visitar con más tranquilidad… Pero… -recalca la recomendación–. No debe agitarse ni hablar demasiado… Esperen en la puerta contigua… -Entra nuevamente a terapia y los que están en ese momento en la sala de espera, se deslizan ansiosos hacia el lugar que el médico les ha señalado.

Sale nuevamente el facultativo, pero esta vez por la otra puerta.

-Ya pueden pasar… -Cuando observa que todos intentan entrar a la vez, los detiene-: ¡Por favor, cálmense! Ha salido de su inconsciencia, pero no está fuera de peligro… Su estado es todavía delicado… Sean prudentes… Uno solamente… -se detiene y pregunta-: ¿Quién de ustedes es Quimey?

El joven se adelanta:

-Pase usted primero –explica el médico–. La paciente pronuncia su nombre…

A Quimey esa noticia lo convulsiona. Su rostro se moja por las lágrimas y sus labios tiritan de ansiedad.

El médico lo mira un momento y le cede el paso.

-Recuerde lo que he dicho… Trate que no hable…

Cuando el joven abre la puerta, le ordena:

–Y no llore delante de ella…

Cuando Wanda ve a Quimey, se le llenan los ojos de lágrimas. Todavía no le han sacado el suero ni la máscara de oxígeno. Quiere hablar, pero el joven, con un dedo en la boca, la detiene:

-Shhh… No digas nada…

Se miran extasiados por un rato. Quimey se arrodilla al lado de la cama y rosa apenas la mano de su novia con un beso.

-Por favor, mi amor… sigue luchando… Te estaré esperando…

Ella esboza una sonrisa y afirma moviendo apenas su cabeza.

La enfermera su acerca:

-¡Por favor…! Debe retirarse por el bien de la paciente…

Quimey afirma. Se levanta. Y mientras se retira besa su mano y sopla hacia la muchacha que sonríe complacida.

Cuando sale, el rostro del joven ha cambiado totalmente. Dirigiéndose a su madre, le dice:

-Me voy a casa, Sayen… Quiero seguir con la construcción… Cuando Wanda salga recuperada, quiero pedirle matrimonio…

Ivone sonríe y lo palmea en un brazo.

Se suceden los días. Los médicos liberan a Wanda de la máscara de oxígeno, porque ya respira normalmente. Pero conservan el suero. Han agregado algunas vitaminas, pero por ahora es el único alimento que recibe.

Cuando ya está libre, Wanda comienza a hablar, aunque muy despacio, con sus visitantes. Reconoce algunos rostros, pero hay otros que le son extraños… Tiene mucha confusión en su mente. Ha escuchado a una pareja llamarla hija… Otra joven, muy parecida a ella, le ha mostrado un bebé y le ha dicho que es su hermana… No entiende qué ha pasado… Se esfuerza, pero no puede ordenar sus pensamientos.

Quimey, todos los días viaja hasta su casa y vuelve. Al enterarse que Wanda ya puede hablar, entra a terapia intermedia y corre a la cama:

-¡Qué hermosa te ves, mi amor…! –le dice besándole la frente y las mejillas. Todavía no se anima a besar su boca.

Ella recibe ese cariño complacida y murmura entre sonrisas:

-Hacía falta enfermarme para que te decidieras a decirme que me amas…

Él se separa un poco y sonríe extasiado.

-Pero todavía no lo escucho de tus labios…

Wanda toma las manos del muchacho y las aprieta suavemente:

-Aunque no lo diga con mis labios, sabes que mi corazón siempre te ha amado…

Al escuchar esto, Quimey se acerca y deposita un tierno beso en sus labios:

-Es hermoso oírte hablar así…

De ahí en adelante, conversan, se ríen y comparten sus sentimientos sin reservas. Cuando el joven se da cuenta de que Wanda lucha para no cerrar sus párpados, mira el reloj y se asombra al darse cuenta el tiempo que ha pasado… Besa nuevamente la mano de su novia y le dice:

-Por ahora son muchas emociones… Mañana volveré, mi amor… -le sonríe y pregunta-: ¿Me estarás esperando?

Ella bromea:

-Quizás pueda escaparme y no me encuentres…

Quimey ríe comprobando que Wanda tiene el humor que siempre la caracterizó.

Entra Nehuén y permanece un rato mirándola descansar. Cuando Wanda abre nuevamente los ojos, le sonríe. Él se limita a acariciar su rostro y a besar su mano.

La joven le devuelve el cariño y pregunta en voz muy baja:

-¿Cómo está Sayen… los chicos de la escuela… Eluney, Cuyén y la hermosura de Tahiel? -reflexionando dificultosamente agrega-: ¿Ya camina? Seguramente ya corre… -afirma riendo.

Nehuén responde las preguntas y pone al tanto de todo lo acontecido en la reservación. Cuando comprueba que la joven está más relajada, hace la pregunta que lo carcome desde que la encontraron:

-¿Cómo saliste del río? Y, ¿por qué no pudo encontrarte la patrulla a pesar que rastrearon toda la ribera por varios días?

Wanda explica:

-Luché contra la corriente, pero no pude salir en los cañaverales como le había dicho a Quimey… El río me seguía llevando. Cuando vi que me acercaba a las cascadas, me aferré a unas ramas que colgaban. Luché desesperada para mantenerme, pero lo único que conseguí fue que mis ropas quedaran atrapadas en las ramas y la correntada me llevó –La joven se detiene para tomar aliento y prosigue–: Las cascadas me desviaron hacia un costado y alcancé la playita de los riscos, antes de llegar al lago…

-Pero la patrulla llegó hasta ahí y no te encontraron... -Nehuén la mira desconcertado.

-Yo veía la patrulla, pero me escondía en las rocas…

-¿Por qué…?

-Te dije que mi ropa había quedado en las ramas… Estaba casi desnuda… No quería que me vieran así… -explica Wanda.

-Pero… entonces ¿qué hiciste?

-Una de las ocasiones que pasaba la patrulla y yo espiaba entre las rocas, vi a Silver que bajó de la lancha y comenzó a ladrar hacia donde yo estaba… Tenía la tentación de salir, pero viendo mi estado, me escondí lo más que pude y escuché que los gendarmes gritaron algo y se retiraron…

-Hubieras salido como estabas… Ellos lo hubieran comprendido…

-Me daba vergüenza, Nehuén –sigue explicando la muchacha-. Cuando me di cuenta de que ya no pasaba la patrulla, comencé a caminar… a veces por el sendero y a veces por el bosque… Comía piñones y tomaba agua del río, como tú me habías enseñado –Nehuén sonríe ante la indirecta y la joven prosigue-: Cada vez me costaba más seguir avanzando… Me dolían los pies… Estaba descalza y me pinchaba con las espinas y las rocas me lastimaban… No calculé que estaba tan lejos… No sé cuántos días caminé… Me hacía mucho frío y para dormir buscaba alguna roca para refugiarme… Cuando llegué al acantilado, con mis últimas fuerzas, lo subí y me tiré en las rocas… Allí me dormí… y ya no recuerdo más…

-Ahí te encontró Silver… -explica Nehuén entre lloroso y asombrado–. Caminaste más de 20 kilómetros, Wanda… Eso explica el estado en que te encontramos… Mejor dicho –se corrige–, te encontró Silver…¡A ese perro habría que hacerle un monumento!

Wanda sonríe:

-Nunca se separaba de nosotros… ¡Pobre Silver! ¡Es tan fiel…! –exclama sonriendo la joven y recordando algo, pregunta-: ¿Cómo está ahora?

-Muy bien… -explica Nehuén–. Hasta que te encontró desaparecía por horas… Creo que instintivamente te buscaba… Cuando te encontró, volvió y nos ladraba desesperado… Yo me di cuenta de que nos quería comunicar algo importante y lo seguí… Así te pude encontrar –concluye sonriendo.

La joven cierra los ojos y sonríe. Nehuén advierte que la explicación la ha agotado. Besa su mejilla y se retira despacio.

Al otro día, un médico viene del interior del hospital, se para en la sala de espera y pregunta:

-¿Alguno de ustedes es pariente cercano de la joven Wanda Nahuelquín?

Extrañados ante el apellido que escucharon, Judith y su esposo se acercan.

-Nosotros somos los padres –dice tímidamente Alfred-. ¿Qué sucede?

El facultativo lee un papel que tiene en la mano y explica:

-La joven ha mejorado notablemente, pero los análisis muestran que tiene sus defensas muy bajas… Necesita una transfusión de sangre…

Alfred se adelanta:

-Yo soy el padre…

Judith lo interrumpe:

-Tú no puedes donar sangre por un tiempo. Recuerda que hace poco le diste a Liese…

El médico interviene:

-Si es así, queda descartado…

Doris, que ha escuchado la conversación, se acerca:

-Yo soy su tía, hermana de Alfred… -explica–. Debo tener su mismo grupo sanguíneo…

-¡Sígame, por favor! –le indica el doctor y se pierde de vista, seguido por Doris.

Cuando desaparecen por el pasillo, Ivone se acerca a los padres de Wanda:

-Me di cuenta que se asombraron cuando el médico dijo el apellido de vuestra hija… Quiero explicarles… Cuando no pudimos encontrar a nadie que la reclamara, tuvimos que anotarla como nuestra, para que tuviera un documento y pudiera estudiar… o más adelante, trabajar… Lo hicimos por su bien… -concluye Ivone la explicación, disculpándose.

Judith la mira con cariño, le toma la mano y le dice dulcemente:

-Nunca les podremos agradecer demasiado lo que hicieron por nuestra hija…

Interviene Alfred:

-Simplemente nos asombró el apellido –explica-. De Bergam a Na… Nahuel…

-Nahuelquín –completa Ivone, riendo–. La verdad es que son bastante diferentes… -medita un momento y agrega–: Cuando Wanda se recuperó y comenzó a caminar, pronunciaba palabras que no entendíamos… Y cuando nosotros le hablábamos, ella nos miraba desconcertada… -se detiene, pensando–. Ahora lo entiendo… Ella hablaba en alemán y nosotros en español-mapuche… -suelta una carcajada-. ¡Pobrecita! ¿Qué pasaría por su cabecita en ese momento?

Los esposos acompañan la risa de Ivone.

Al rato, regresa Doris con la mirada perdida y el rostro asombrado:

-No puedo darle sangre a Wanda –murmura.

Carlos y Alfred se acercan, seguidos de Liese, que sostiene su bebé.

-¿Por qué? –pregunta su esposo-. ¿No tienes su mismo grupo sanguíneo?

-No es eso –dice Doris, que no sale de su asombro. Apoya ambas manos en su vientre y agrega–: Estoy embarazada…

Carlos queda un momento en estado de shock. Luego la abraza muy fuerte:

-Mi amor… me asustaste… -besa repetidas veces el rostro de su esposa-. ¡Qué hermosa noticia!

Judith, Alfred y Liese se unen a la alegría de la pareja. En esos momentos son los únicos que están presentes. Pasado el asombro del primer momento, el padre de Wanda reflexiona:

-Entonces… ¿Quién le dará sangre a Wanda? Yo no puedo… Doris tampoco…

-Pero yo sí… Soy su madre –dice Judith, adelantándose–. Y les aseguro que no estoy embarazada… -bromea para risa de los demás.

Doris la toma del brazo y conduce a su cuñada hasta el laboratorio.

Cuando vuelve Quimey, entra a la sala y encuentra a Judith en una camilla al lado de Wanda. Una manguera con líquido rojizo une a las dos mujeres. Como la cama de su novia está contra la pared, se apoya suavemente en el respaldo y cruza los brazos, haciendo gestos con su cara que producen sonrisas en ambas.

CAPÍTULO 17

La propuesta de Quimey

En la quietud de su cuarto, cuando ya se han ido las visitas del día, vienen a la mente de Wanda los últimos acontecimientos. De a poco, se le han ido disipando las dudas: Ahora sabe quiénes son sus verdaderos padres, que tiene una hermana gemela y que el niño que ella sacó del río es su sobrino. Tiene el corazón henchido ante estas noticias y no puede menos que elevar una oración: "Gracias, Señor, por darme tantas bendiciones. Si todo esto pasó por haberme accidentado, recibiría con gusto la misma prueba para tener estos mismos resultados. Gracias también por el amor de Quimey. Por haberme bendecido con el cariño y cuidado de Ivone y Nehuén. Por el tío Carlos y la tía Doris. ¡Oh, Señor! Siempre me demostraste tu amor y tu grandeza y ahora más que nunca. ¡Gracias, Señor! Solamente te pido que nadie sufra por mi pierna. Yo sé que me darás las fuerzas que necesito, pero no quiero que otros se sientan culpables. En el nombre de tu Hijo Jesús. Amén".

Por primera vez, después de tantas luchas internas, Wanda puede gozar de paz y tranquilidad. Esboza una sonrisa y se duerme plácidamente.

Al día siguiente, los médicos le anuncian que le darán el alta. Ivone, que es la primera que viene todos los días, acompañada de Quimey, que pasa por el hospital antes de presentarse en su trabajo, son los dos que se enteran primero de la novedad.

-¡Por fin! –exclama el muchacho pletórico de dicha. Besa a su novia y sale corriendo–. Tengo que avisarle a los demás.

Desde el destacamento hace correr la noticia, de tal modo que, a media mañana están todos en la puerta del hospital para recibir a la joven. Los médicos les aconsejan esperar afuera, después de darles las recomendaciones correspondientes.

Al rato, aparece Wanda en una silla de ruedas que dirige una enfermera. Mira uno por uno a todos, con el rostro iluminado y sonriendo:

-¡No faltó nadie! –exclama bromeando-. ¿A qué personaje famoso están esperando?

Se escuchan carcajadas y Nehuén se acerca y le extiende un par de muletas:

-Las hice especialmente para ti… -le dice, dándole un beso.

Wanda sonríe y cuando trata de alcanzarlas, se adelanta Quimey y la toma en sus brazos.

-Por ahora, te llevo yo… -dice sonriendo–. Cuando recuperes tu peso normal, tendrás que usar las muletas…

Desde los brazos de su novio, va saludando y besando uno por uno a sus amados.

Después de saludar, agradecer y hacer bromas, Quimey la lleva hasta el automóvil de Carlos. Doris se adelanta para abrirle la puerta. Cuando el joven la deposita cuidadosamente en el asiento, Wanda toca el vientre de su tía y exclama:

-¡Parece que dentro de poco tendré un primo para pelear!

Carlos le pellizca el cachete y acompaña la broma de la joven:

-Vamos a ver quién gana la partida… Si sale a su padre, te aseguro que te dará guerra…

Suben al automóvil y a los Jeep que están estacionados, y emprenden viaje a Bariloche. Ahí se reúnen con Bruno y Federico que los están esperando en casa de Alfred.

Desde ese momento todo es felicidad. Ya pasó la dura prueba y salieron aprobados por el Señor.

Liese y Wanda comparten la misma habitación con Ezequiel, que ya tiene 10 meses. Conversan hasta altas horas de la noche y salen a comprar o pasear siempre juntas. Las personas se quedan mirándolas, admirados del gran parecido de ambas. Muchos de los conocidos las confunden y llaman Liese a Wanda, o viceversa, lo que causa risas y carcajadas a sus allegados.

Wanda siempre hace bromas al respecto:

-Recuerden que la "renga" se llama Wanda… La más linda, Liese…

Los que nunca las confunden son Federico y Quimey. Aunque el parecido es grande, aún sin comprobar quién es quién, abrazan y besan a sus respectivas parejas.

Un día Quimey se dirige a Alfred:

-Quisiera pedirle permiso para llevar a Wanda a la reservación… -le dice, muy respetuoso, como siempre–. Los chicos de la escuela me reclaman que la lleve… Quieren volver a ver a su maestra…

Alfred otorga el permiso al muchacho y éste va en busca de su novia. Cuando le comunica su deseo, Wanda alza algunas cosas y corre, con sus muletas. Llega al Jeep y, antes de que el muchacho la alcance, tira las muletas atrás del vehículo y salta al asiento del acompañante.

-¡Vamos Liese! –invita Wanda a su hermana–. Vas a conocer mis alumnos y mucha gente hermosa…

Cuando llegan a la reservación, son recibidos por chiquillos que rodean el Jeep, con gritos y exclamaciones. Wanda toma las muletas que le alcanza Liese y camina hasta su antiguo hogar, seguida por sus alumnos y otras personas que se unieron a ellos.

-¿Viste la seño…? –pregunta un mocoso codeando a su compañero–. Camina con las muletas mejor que nosotros con dos pies…

-Shhh… -hace señas su amigo–. Acordate que la señora Ivone nos prohibió hablar de eso…

-La otra señora que viene con la maestra, parece el duplicado… -dice el primero-. ¡Son idénticas!

Su compañero afirma con la cabeza, pero no dice nada, contemplando las dos jóvenes que van hasta la vivienda. Nehuén ha sacado unas sillas afuera, para que puedan disfrutar de la cálida tarde.

Un rato después se une al grupo Eluney con su esposa:

-¿Dónde está la futura tía? –pregunta risueño, dejando en el suelo a Tahiel que corre a la falda de Wanda. Ella lo alza alborozada:

-¿Ya caminas, Tahiel? ¡Qué hermoso!

El chiquito la mira una y otra vez, extrañado. Señalando la cabeza de Wanda, mira su papá.

-Sí, Tahiel… -explica entre risas Cuyén, su mamá–. La tía se cortó el cabello, para parecerse más a su hermana…

Pasan un rato entre bromas y risas.

De pronto, Quimey alza a Wanda y la lleva hacia un sendero que se pierde entre las rocas del lugar. Ella se deja conducir, segura de que su novio tendrá una razón valedera para hacer eso.

Al llegar a cierto promontorio, aparece ante los ojos de Wanda una hermosa casa recién pintada. Se toma la cara con ambas manos:

-¡Terminaste tu casa, Quimey! –exclama asombrada-. ¡Qué rápido la hiciste!

-Será nuestro hogar… -aclara sonriendo el muchacho. Luego, la conduce hasta adentro de la vivienda. Le va mostrando y explicando cada rincón. Al llegar a lo que será el comedor, deposita a su novia en el suelo y la sostiene con un brazo. Se arrodilla frente a ella y tomando su cintura le dice:

-¿Aceptas ser mi esposa?

Con lágrimas en los ojos, Wanda asienta su rodilla sana frente a Quimey, lo abraza y exclama:

-¡Me haces la mujer más feliz del mundo! – Él la separa, toma su rostro con ambas manos y la besa repetidas veces.

-Falta algo… -aclara el novio. Busca en su bolsillo y saca una cajita, la abre y aparece un hermoso anillo. Wanda no articula palabra de la emoción. Quimey toma su mano y desliza el anillo en el dedo anular-. Ahora tienes que decirme en qué fecha nos casamos, mi amor…

La joven lo mira con sus ojos llorosos:

-Cuando quieras… -lo abraza nuevamente–. Cuando quieras… -repite.

Quimey la separa un momento:

-Ya terminé nuestro hogar, así que quiero que sea pronto… -Levanta a Wanda nuevamente y sale al exterior–. Tenemos que decírselo a los demás…

Cuando llegan donde están los chiquillos y la familia reunida, Quimey anuncia:

-Nos casamos dentro de un mes… -Wanda lo corrige:

-Un mes es demasiado pronto… Hay muchas cosas que preparar… -Su novio la mira asombrado:

-¿No me dijiste que yo pusiera la fecha?

-Sí… Pero no tan pronto… Puede ser dentro de unos meses…

-¿Cuántos? –Quimey la mira, ansioso.

-Cuatro o cinco… -Wanda acaricia el rostro masculino–. No son tantos…

-¡Está bien! Nos casaremos en febrero… ¿El 21 le viene bien, señorita? –pregunta en broma. Ella asiente riendo.

Mientras discutían los novios, todos miraban alternativamente al que hablaba. Cuando escuchan que ya se pusieron de acuerdo, se oyen gritos y exclamaciones.

Ivone y su esposo, junto con Eluney y su esposa, son los primeros en felicitarlos.

Liese se separa del grupo, sin articular palabra. Cuando Wanda lo advierte, toma sus muletas y la sigue:

-¿Qué pasa? –le pregunta intrigada-. ¿No te alegras con la noticia?

-¡Oh, no…! –exclama Liese dolida-. ¡Claro que me alegro!

-¿Y entonces…?

-Pensaba en Federico y Ezequiel… -explica la hermana–. Quisiera que él también me pidiera matrimonio…

Wanda la abraza, apenas. Sus muletas le impiden rodearla con sus brazos. Liese la aprieta y ambas lloran en el hombro de la otra.

Un momento después, Wanda se separa un poco y exclama:

-¡Cuando anunciemos en nuestro hogar el casamiento, te aseguro que Federico también te lo propondrá!

Tomando a su hermana por la cintura, Liese regresa con los demás:

-Perdónenme –se disculpa–, no podía reprimir mi emoción…

Siguen conversando un rato y luego regresan a Bariloche.

CAPÍTULO 18

Doble celebración

Lo que Wanda pronosticó, no se cumple. Cuando Quimey anuncia su boda, Federico mira a Liese, pero no dice nada. La desilusión de su novia es evidente. Los demás no advierten la situación de la pareja y continúan entusiasmados hablando de la boda.

Desde ese momento la casa se convierte en un revoltijo: revistas de moda y repostería diseminadas en los sillones, telas, cintas y toda clase de adornos propios de una boda.

Quimey advierte que Bruno y Federico no participan en la alegría de los demás y se acerca a ellos:

-¿Qué pasa, amigos? –pregunta divertido-. ¿No se alegran con nosotros?

El novio de Liese hace una mueca parecida a una sonrisa y baja la vista.

-Lo que pasa, Quimey –interviene Bruno–, que para nosotros todo esto es extraño… En el ambiente que nos hemos movido, nunca tuvimos una boda… Cuando alguno quería, formaba pareja con otra, sin llegar a los papeles…

Quimey se da cuenta dónde reside el problema y explica:

-Dios nos manda a formalizar el matrimonio… Además, también nos manda a obedecer las leyes de nuestro país y no existe el matrimonio hasta que no se firma el compromiso delante del registro civil –Al comprobar el joven que todavía no los ha convencido, agrega–: El matrimonio es un pacto o un convenio donde la pareja se une ante Dios y, como dice nuestro código civil, es "hasta que la muerte los separe".

-Eso es lo que no entiendo –interviene Federico–. Ustedes son tan distintos… Inclusive Liese, ya no es la misma… Desde que nos volvimos a encontrar no quiere tener relaciones… Dice que eso está mal… No entiendo… Ya tuvimos un hijo… -No sabe cómo seguir.

-Es porque ahora Liese también es una hija de Dios y quiere obedecerle… Las relaciones sexuales deben ser dentro del matrimonio, como la Biblia lo afirma…

-Pero si nos queremos, ¿qué tiene de malo? –Federico mira a Quimey y agrega otra pregunta-: ¿No es lógico desear la mujer que amamos? ¿O acaso vos no deseas a Wanda?

-¡Por supuesto que la deseo! Pero Dios advierte que las relaciones fuera del matrimonio son pecado… -Federico lo mira sin entender. Bruno baja la cabeza, sin pronunciar palabra.

Quimey se da cuenta de que esa conversación requiere que estén a solas. Toma del brazo a los dos y los lleva a otra habitación.

-Lo que ustedes ven distinto en nosotros, no es un secreto… -explica pausadamente Quimey–. Nosotros somos hijos de Dios, o sea que Él es nuestro Padre y, por lo tanto, le debemos obediencia.

Los dos hombres lo miran extrañados:

-¿Hijos de Dios? –pregunta Bruno-. ¿Cómo puede ser eso? Nosotros somos humanos… y Él es… -se detiene, no sabiendo cómo seguir. Quimey lo entiende y corre a buscar una Biblia.

-Esperen un momento, ya vuelvo…

Los dos hombres lo miran alejarse y se encojen de hombros. Un ratito después vuelve Quimey y abriendo su Biblia les muestra San Juan 1:12.

-Lean aquí: "Mas a todos los que le recibieron, a los que creen en su Nombre, les dio el derecho de ser hijos de Dios" –mirando a sus amigos a los ojos, les dice–: Si creemos y recibimos a Cristo como nuestro Salvador, Dios nos considera sus hijos…

-Pero –se excusa Federico–, yo siempre creí en Cristo. Sé que es el Hijo de Dios…

-Sí –continúa Quimey–. No creo que haya alguien que no crea en Cristo…. Pero aquí dice claramente que es "a los que le recibieron, a los que creen en su nombre…". No es un creer intelectual, como por ejemplo, la muerte. Todos creemos y sabemos que existe… Pero creer en Cristo es reconocer que somos pecadores y que no podemos salvarnos por nosotros mismos… No hay nada que valga delante de Dios, para darnos la salvación de nuestra alma, solamente la obra de Cristo en la cruz… -Como comprueba que todavía sus amigos dudan, sigue explicando–: Nosotros somos pecadores y nunca nos podríamos acercar a un Dios santo, por eso Cristo, aunque nunca cometió pecado, cargó con los nuestros…

-Que somos pecadores, ya lo sé… -interviene Bruno–. Y nosotros mucho más que ustedes. No tenés idea de lo que hicimos…

-Eso no importa –continúa Quimey–. El Señor pagó en la cruz el precio que Dios requería de nosotros para perdonar nuestros pecados… pocos o muchos…

-Sí… Pero… -Federico baja la vista hacia el suelo–. No creo que Cristo pueda perdonarnos a nosotros… vos no sabés hasta donde llegamos para sobrevivir en el mundo en que estábamos…

Quimey vuelve a abrir su Biblia y lee en San Lucas 5:31-32.

–Escuchen lo que Cristo dijo: "Los que están sanos no tienen necesidad de médico, sino los enfermos. No he venido a llamar a justos, sino a pecadores al arrepentimiento" –Quimey, sin cerrar su Biblia, pregunta-: ¿Entienden que no importa cuántos pecados hayamos hecho? Él murió por todos y cada uno de ellos…

-¿También puede perdonarnos a nosotros? –Federico mira a Quimey con ansiedad-. ¿A pesar de todo lo que hicimos?

Quimey asiente:

-A ustedes y a cualquiera que se arrepienta de sus pecados y crea que lo único que puede salvarle es la obra de Cristo en la cruz.

-Pero… -interviene Bruno-. ¿Qué podemos hacer? Dios está en el cielo y nosotros…

-Dios está en todo lugar… Aquí también… -Los dos amigos miran alrededor–. No lo podemos ver porque Él es Espíritu, pero les aseguro que no solamente Dios está aquí, sino que escucha todo lo que decimos y aun lo que pensamos… -Quimey comprueba que los dos hombres están perplejos-. ¿Quieren que Dios perdone todos sus pecados?

-¡Por supuesto! –exclama Bruno al instante-. ¿Pero cómo…?

-Les dije recién que Dios está en todas partes y nos escucha… Solamente díganle lo que sienten y desean… ¿Quieren que los ayude a decirle al Señor lo que Él quiere escuchar de ustedes?

Los dos asienten en silencio. Quimey cierra sus ojos y ellos lo imitan:

-Padre celestial… Bruno y Federico tienen algo que decirte, pero no se animan… escúchalos Señor…

Se produce un largo silencio y luego se escucha la voz de Federico:

-No entiendo bien todo Dios… Sólo me doy cuenta de que soy pecador y… Quimey me dice que puedes perdonarme a pesar de todo lo que hice… Si eso es cierto, perdóname…

Bruno continúa:

-A mí también, Dios… No puedo entender que Cristo haya muerto por mí… pero ese libro que nos mostró Quimey… creo que se llama Biblia, dice que es así… Y yo lo creo, Jesús…

Después de un momento de silencio, ambos miran a Quimey:

-No sé si Dios entendió lo que le dijimos…

-Les aseguro que sí… Ahora son hijos de Dios…

Bruno y Federico abrazan a su amigo con lágrimas en los ojos. No dicen nada. La emoción los embarga.

-Bueno… -dice Quimey al fin-. Vamos al comedor, estoy seguro que los demás se alegrarán con la noticia.

Los dos hombres lo siguen en silencio, pero con ojos llorosos.

Cuando Quimey entra y comenta la noticia, uno a uno abraza y felicita a Bruno y Federico. Ellos reciben ese cariño y por fin sienten que pertenecen a esa hermosa familia.

Liese sonríe tristemente, mirando ansiosa a su novio. Federico la toma del brazo y la lleva a otra habitación, aparte de los demás.

-Podríamos aprovechar la oportunidad y que sea una boda doble… ¿Te casarías conmigo?

Liese no puede ocultar su alegría y abraza efusivamente al muchacho:

-Oh, sí, mi amor… Pensaba que nunca me lo ibas a pedir…

Federico bromea:

-Las novias serán idénticas, pero los novios totalmente opuestos… -señala su negro cabello y su piel morena–. Va a contrastar bastante con el cabello rubio y los ojos claros del otro novio… -suelta una carcajada que es acompañada por otra de Liese.

Ríen un rato y luego Federico se pone serio:

-Quimey me hizo entender tu comportamiento… Yo no entendía por qué te negabas a… -se detiene, indeciso–. Pero ahora lo comprendo, mi amor… Esta vez haremos bien las cosas… Primero el matrimonio y después…

Liese lo abraza con fuerza:

-Después tendremos toda la vida para estar juntos…

Quedan abrazados un rato y luego Liese se separa. Toma de la mano a su novio y corre al comedor donde quedaron los demás:

-¡Habrá una boda doble! –anuncia sonriendo–. Federico me ha pedido que me case con él…

Después de un momento de sorpresa, se escuchan risas, felicitaciones y algarabía.

-¡Qué hermosa noticia nos diste! –Quimey abraza a su futuro cuñado.

-Gracias por hacerme entender lo que es correcto…

Llega febrero. Wanda y Liese siguen entusiasmadas con los preparativos de la boda. Se encuentran en su habitación probándose sus vestidos. De pronto se abre la puerta y entra Judith:

-Necesito hablar con ustedes –les dice seriamente, interrumpiendo el entusiasmo de las muchachas. Éstas la miran con expresión incierta, por lo que la madre explica–: Carlos habló a Alemania y hay un médico que está dispuesto a revisar la pierna de Wanda… -Las gemelas intercambian una mirada:

-¿Qué quieres decir, mamá? –Wanda la mira expectante.

-No quiero que te hagas demasiadas ilusiones, hija, pero tu tío Carlos quiere que lo acompañes a Alemania para ver a ese médico… Dice que, con una pierna ortopédica, podrías caminar… sin muletas…

-¿De veras, mamá? ¿Existe esa posibilidad? ¡Sería maravilloso! –Wanda no cabe en sí del entusiasmo.

-Como te dije, hija… Es una posibilidad… Pero por favor, no te ilusiones demasiado… Puede que tu pierna no pueda recibir esa prótesis… Eso solamente se puede saber cuando el médico te vea…

Las gemelas se abrazan:

-¡Oh, Wanda! ¡Qué hermoso sería que volvieras a caminar normalmente!

-De esa manera Quimey no tendría que cargarme tanto… -mezcla sus lágrimas con sonrisas–. No es que no me guste… Pero sería maravilloso llegar ante el altar… -bromea riendo- sin arrugar mi vestido de novia con las muletas.

La broma produce una carcajada en su madre y hermana. "Wanda tiene la habilidad de encontrar el lado bueno de las cosas para hacernos reír…", mira a su hija, admirando su buen humor, "pero esto no es broma", piensa Judith, por lo que decide intervenir, cortando la emoción de las muchachas:

-Tendrías que viajar a Alemania… No sé cómo lo tomará Quimey…

-Él no tiene que enterarse a qué voy… Le diré… -duda un instante–. Le diré que quiero conocer el lugar donde nací…

Liese la abraza:

-¡Cómo me gustaría acompañarte!

-Puedes viajar con ella –sugiere Judith–. Así serán menos las sospechas…

Las gemelas se abrazan pletóricas de alegría.

-¿Y Ezequiel? ¿Quién lo cuidará? –reflexiona Liese–. No lo puedo llevar a Alemania…

-Por eso no te preocupes –le dice sonriente Judith-. ¿Para qué estamos los abuelos?

-¿Qué sucede aquí? –pregunta Quimey entrando en la habitación. Las hermanas se sueltan y se miran indecisas. Se produce un prolongado silencio-. ¿Alguien me va a decir qué está pasando? –El muchacho mira las gemelas con impaciencia.

Wanda se adelanta en sus muletas:

-Mamá nos acaba de decir que el tío Carlos nos quiere llevar a Alemania…

-¡¿A Alemania?! ¿Justo ahora que faltan dos semanas para nuestro casamiento? ¡Oh, no…! Me imagino que no habrás aceptado… -Las gemelas se miran sonriendo-. ¡No puede ser! ¿Y cuándo pensabas decírmelo? –La pregunta va dirigida a Wanda.

-No te enojes, mi amor… No te lo dije antes porque recién me entero… -Quimey la mira asombrado–. Para mí sería hermoso conocer el lugar donde nací… Mejor dicho, donde nacimos… Liese nos acompañará…

-Pero… ¿Justamente ahora? ¿No pueden esperar hasta después de la boda?

-¡Por favor, amor! No te enojes… El tío Carlos tiene que viajar por asuntos de negocio y nos propuso que lo acompañemos… -Wanda miente, pero sabe que es por una buena causa–. Volveremos lo más rápido que nos sea posible… Mientras tanto ustedes sigan con los preparativos… Ni bien regresemos, nos casaremos…

Quimey mueve la cabeza, desconcertado. Wanda le hace pucheros hasta conseguir una sonrisa de su novio.

Hacen los preparativos rápidamente. La familia completa los acompaña al aeropuerto y parten hacia la ciudad que las vio nacer. Wanda y Liese miran todo con curiosidad. Para ambas es su primer viaje en avión, así que todo es novedad.

Cuando llegan, dejan sus pertenencias en un hotel y van directamente al consultorio donde Carlos ya consiguió una cita con el médico. Éste revisa detenidamente a Wanda y comenta:

-Creo que no habrá problema para el implante. La piel está bien cicatrizada y el hueso es firme…

Como el médico habla en alemán. Carlos les traduce.

Wanda y Liese se abrazan sin palabras. Ambas lloran de emoción.

Desde allí en adelante se suceden los pormenores del implante. La ansiedad de las hermanas y de su tío va en aumento hasta el día tan esperado.

Cuando Wanda despierta de su anestesia después de la operación, mira admirada su pierna nueva.

-Parece real…

Carlos interviene:

-Esa es la idea… el que te vea y no te conozca de antes, no sospechará que no es tu pierna… -Muy seriamente, agrega–: Ahora tienes que practicar… Te va a costar un poco, pero conociéndote sé que lo vas a conseguir

-Te aseguro que haré todo lo necesario… ¡Será maravilloso ver la cara de papá y mamá!

-¡Y la de Quimey, ni te cuento…! –Liese acompaña el entusiasmo de su hermana.

Desde ese día se suceden los ensayos, las caminatas por la pasarela, el trabajo en la piscina, etc. Wanda pone toda la voluntad posible. La rehabilitación es lenta y dolorosa, pero eso no la detiene.

EPÍLOGO

Mientras tanto en Bariloche, Quimey está cada vez más ensimismado. Se aleja de todos y se mantiene sin hablar. Federico se le acerca:

-¿Qué pasa futuro cuñado? –La broma produce un esbozo de sonrisa en el muchacho. Queda un momento en silencio y luego comenta:

-Hace más de seis meses que se fueron y solamente recibo noticias de que están bien, conociendo todo… ¿Tan grande es la ciudad donde fueron que necesitan estar tanto tiempo? ¡Ya tendríamos que estar casados!

Federico, que sabe la causa de la demora, trata de disimular lo más que puede, bromeando:

-¿Tan ansioso estás? Cuando venga Wanda te olvidarás de todo… Te aseguro que vale la pena la espera…

Quimey lo mira, sin entender, pero previendo que su amigo sabe algo que le oculta:

-¿Vos no extrañas a Liese?

Federico advierte que ha cometido una indiscreción. Wanda les ha prohibido contarle a su novio la causa de su viaje. Para disimularlo, exclama:

-¡Cómo no la voy a extrañar! Pero, a diferencia de vos, me

alegro que hayan podido hacer ese viaje… Era muy importante para ellas conocer el lugar donde nacieron…

-No sé… -sigue dudando Quimey–. Será que pasé tanto tiempo pensando que ya no volvería a ver a Wanda, que ahora me cuesta estar un minuto sin ella…

Federico pasa un brazo por el hombro de su amigo y lo obliga a caminar:

-No te preocupes… Ellas están bien…

No muy convencido, Quimey se deja conducir. Cuando llegan a la sala encuentran a todos alborozados. Judith abraza llorando a su esposo. Ivone hace lo propio con Nehuén. Doris se toma el vientre y solloza.

-¿Qué pasa? –pregunta Quimey desconcertado.

Cuando advierten la presencia del joven, tratan de disimular:

-¡Vuelven las chicas! –exclama Judith–. Y tenemos que alistar todo para las bodas…

-Está casi todo listo –añade Doris–. Solamente falta la comida…

-¡Y la torta…! –exclama Alfred, riendo.

-¿Cuándo llegan? –La ansiedad de Quimey es evidente.

Ivone lo toma del brazo y lo conduce a un sillón.

-Ustedes deben prepararse… Llegan el viernes de la semana que viene… Pero quieren ir directamente al registro civil…

-¡¿Qué…?! ¿Por qué? –grita Quimey sin entender–. Yo quiero ver a Wanda… -explica-. ¿Dónde se cambiarán? Van a llegar al aeropuerto y… -No puede seguir. Federico lo toma del brazo y lo conduce al patio:

-Si eso es lo que quieren las muchachas… ¿Qué te cuesta cumplir su deseo?

-No sé… Me parece extraño…

-Hagamos lo que ellas quieren… Tendrán su motivo… -Federico se solidariza con su futuro cuñado, pero no quiere romper la promesa a la que se comprometieron ante Wanda.

De ahí en adelante la casa vuelve a ser un caos. Cada uno cumple su función, mirando de reojo el desconcierto de Quimey.

-¡Pobre hijo! –exclama en voz baja Ivone a su esposo–. Tendríamos que anticiparle algo…

-¡Por favor mujer! –contesta Nehuén en un susurro–. Ni se te ocurra decirle nada… Además… ¿Te imaginas la emoción de Quimey cuando vea caminar a Wanda? En ese momento te aseguro que su alegría será mayor que el sufrimiento de estos momentos.

-¡Y de qué manera! –exclama la esposa volviendo a sus labores.

Llega el día esperado y todos están en el aeropuerto. Baja primero Liese y atrás de ella aparece Carlos cargando a Wanda. La muchacha viste una pollera larga que tapa su nueva pierna.

Saluda a todos alborozada. Al llegar a Quimey, éste trata de alzarla, pero ella lo detiene:

-Deja que el tío Carlos me lleve… Te veré en el registro civil… -le dice, tirándole un beso mientras se dirigen al automóvil. El muchacho queda parado, totalmente desconcertado.

Va hasta la casa de Alfred, se baña y se alista para ir al registro.

Cuando ingresa al juzgado, ya Wanda está sentada frente al escritorio junto a Liese. Las jóvenes se adelantaron para no levantar sospechas.

Quimey llega hasta su novia y la besa:

-¿Por qué vinieron tan temprano? –pregunta extrañado.

-Tenía miedo que te arrepintieras… -bromea Wanda, lo que produce risa general. Quimey la mira sonriendo. "No cambiará nunca", piensa, "es hermosa y divertida. ¿Qué más puedo pedir?".

Resignado, se sienta en la silla vacía al lado de su novia. Federico tarda un poco en llegar, pero cuando lo hace no demuestra ninguna extrañeza.

La ceremonia se realiza. Todos los parientes y amigos contemplan la escena. Quimey está tan absorto en sus dudas y a la vez tan embelesado en su novia que no escucha la pregunta del juez:

-Quimey Nahuelquín, ¿acepta por esposa a Wanda Bergman? –Se produce un prolongado silencio y el juez repite la pregunta. Wanda mira intrigada a su novio y lo codea suavemente:

-Si te arrepentiste, dímelo –bromea, sabiendo que Quimey tiene el pensamiento en otra cosa.

Quimey reacciona:

-¡Oh, sí… sí… Acepto con toda mi alma!

Los presentes suspiran aliviados. Algunos sospechan el descuido del muchacho, pero, otros, que no saben los motivos de su distracción, no logran entender qué pasó, sabiendo cuánto ama Quimey a su novia.

El juez repite la pregunta a Wanda, como a Liese y Federico. Luego firman los libros correspondientes. Eluney y Cuyén son los testigos de Liese y Federico; Doris y Carlos, los de Wanda y Quimey.

Cuando termina la ceremonia, se abalanzan sobre los novios para saludarles y felicitarlos. Quimey intenta levantar en brazos a su novia, pero Nehuén se le adelanta:

-Déjame a mí… Vos estás muy emocionado…

-Pero yo quiero hacerlo… -protesta Quimey, disgustado. No entiende por qué no quieren que él se ocupe de trasladarla. Sin más preámbulos, Nehuén la lleva hasta el automóvil de Carlos y la deposita en el asiento. Cierra la puerta justo en el momento que el joven llega a besar a su novia, o ya esposa. Ella baja el vidrio y lo besa:

-Nos veremos en la iglesia… -alcanza a decirle, mientras Carlos pone en marcha el vehículo y arranca, sin darle a Quimey tiempo de nada. Éste queda parado sin entender.

-No me dejan ni acercar a mi novia… -medita en voz baja el muchacho-. ¿Pensarán que querré tener relaciones con ella a unas horas de nuestro matrimonio?

Federico y Liese, con Ezequiel en brazos, se acercan y conversan animadamente con él para distraerlo.

Por la noche, la iglesia está repleta de gente que quiere presenciar la boda. Los que saben el secreto de Wanda, esperan ansiosos.

Los novios están parados junto al altar. Se ven muy elegantes con sus trajes negros, corbata roja y camisa blanca. Los nervios y ansiedad de Quimey son evidentes. Federico, a su lado, se mantiene tranquilo, mirando de reojo a su cuñado y sonriendo para sus adentros.

Pasa un poco de tiempo y se escucha la marcha nupcial. Los presentes se ponen de pie y entra Liese, con su vestido blanco. La acompañan Bruno y Carlos. Uno a cada lado, sosteniendo sus brazos.

Caminan hacia el altar. Besan a la novia que se dirige sonriendo a encontrarse con Federico.

Quimey mira insistentemente hacia la puerta. Resuena nuevamente la marcha nupcial y aparece Wanda del brazo de sus padres: Alfred y Nehuén.

El joven novio comienza a llorar:

-¡Es tan hermosa! –murmura, mientras ella avanza sonriéndole. De pronto, advierte algo–: "¿Cómo se sostiene sin muletas?" –Su mente trabaja tratando de dilucidar el enigma: "Alfred y Nehuén la sostienen, pero… Ni siquiera cojea…".

Los acompañantes de la novia se paran a cierta distancia, la besan y la dejan seguir sola el último trecho. Quimey hace el intento de adelantarse para tomarla en sus brazos, pero Federico lo detiene.

-Déjala… puede venir sola…

Quimey se convulsiona por el llanto: "Wanda camina sin muletas… Señor… ¡No puede ser!".

Debe cortar sus pensamientos cuando llega su novia y tomándolo del brazo, lo dirige hasta el altar donde se encuentran Liese y Federico.

En ese momento quiere hacerle mil preguntas, pero se da cuenta que debe contenerse. Toma la mano femenina apoyada en su brazo y la aprieta dulcemente.

La ceremonia comienza, pero hay otra persona desconcertada. Alfred se da cuenta que el pastor que preside las bodas es Thomas, su amigo de Alemania. Mira a Carlos, sentado en la otra punta del banco que comparten y éste le sonríe, levantando levemente la mano.

Desde ese momento, tanto Quimey como Alfred tratan de concentrarse en el sermón de Thomas, pero, a cada instante, vuelven a sus mentes escenas y momentos vividos.

Cuando Thomas hace la pregunta correspondiente a Federico y Liese, éstos contestan con una amplia sonrisa, pero cuando la dirige a Quimey debe repetirla, desconcertado, ante el silencio del joven. Se ha repetido la circunstancia del civil. Wanda mira a su novio y le sonríe:

-Contesta, por favor -le pide en voz apenas perceptible.

Quimey vuelve en sí de sus pensamientos y advierte que la pregunta va dirigida a él.

-¡Oh, sí! ¡Quiero! Quiero a Wanda como esposa…

Thomas sonríe. Suena una melodía que obliga a los presentes a mirar hacia el pasillo. Por la alfombra roja aparece Tahiel, vestido como cochero, empujando con dificultad un coche adornado como carroza, donde Ezequiel, con su traje de príncipe, mira hacia todos lados extrañado. Se escuchan risas y exclamaciones ante ese cortejo. El hijito de Liese y Federico sostiene en sus manitos un almohadón blanco con dos cajitas abiertas donde están los anillos correspondientes. Tahiel, con pasitos vacilantes, llega al altar y se detiene.

-Dale a papá la cajita como te enseñamos susurra Tahiel a su acompañante.

Federico estira su manito con el objeto indicado.

Federico toma el anillo de la cajita que le ofrece su hijito y lo coloca en el dedo anular de Liese. Ésta hace lo propio con el otro anillo y luego alza a Ezequiel en sus brazos.

Tahiel ofrece su cajita a Quimey que sigue llorando. Éste toma el anillo, lo coloca en el dedo anular de Wanda y besa repetidas veces su mano. Wanda, conmovida, hace lo propio.

-¡Pueden besar a sus novias! – exclama Thomas sonriendo.

Ambas parejas se miran y acercan sus labios. Wanda seca las lágrimas de su novio con el dorso de la mano. Sabiendo los pensamientos que Quimey se está haciendo, se adelanta a contestarle:

-En Alemania me colocaron una pierna ortopédica… Para eso me llevó el tío Carlos… -Al ver que Quimey se convulsiona por el llanto y sigue mirándola desconcertado, agrega–: Quería darte una sorpresa…

-¡Oh, Wanda! ¡Mi Wanda! –exclama abrazándola-. ¡Qué hermosa sorpresa…! –cubre de besos el rostro femenino.

-Ya no necesitarás cargarme… -La voz de Wanda se quiebra por el llanto.

-Lo hubiera hecho toda la vida con tal de tenerte a mi lado…

-Lo sé, mi amor, pero yo no quería ser una carga para ti…

Suena nuevamente la marcha nupcial y ambas parejas comienzan a caminar por el pasillo. Federico carga a Ezequiel en un brazo y a su novia en el otro. Wanda camina llevando con una mano a Tahiel y con la otra a su esposo. No alcanzan a llegar al vestíbulo cuando ambas parejas se encuentran ante una avalancha de gente que quiere saludarlos. En la mayoría de los rostros hay señales de lágrimas. Muchos de ellos no sabían el implante de Wanda y también se encuentran sorprendidos, pero felices.

Cuando Doris se acerca a saludarlos, Wanda le dice:

-Lo del coche convertido en carroza fue idea tuya, ¿verdad?

Ella ríe divertida:

-¿No te gustó la idea?

-¡Oh, tía…! –exclama Wanda, emocionada-. ¡Fue una ocurrencia hermosa! ¡Gracias…! –estira sus brazos para abrazar a su tía, pero la gravidez de su panza, se lo impide. Mira riendo a Doris y bromea–: Mi primo no quiere compartirte con nadie…

La broma causa carcajadas a los que alcanzan a escucharla.

De allí se dirigen al salón de fiesta. Wanda y Liese admiran el lugar:

-¡Qué hermoso! –exclama una de ellas–. Se nota que trabajaron mucho para dejar así el salón.

Judith, que ha escuchado el comentario, se acerca sonriendo:

-La ocasión lo merecía… Se casaban mis dos hijas… -ambas jóvenes la abrazan:

-¡Gracias, mamá! –exclaman en coro.

Desde ahí en adelante todo se desenvuelve en felicidad y alegría.

Quimey no se cansa de admirar a su novia. Ella se desliza

entre los invitados caminando normalmente. Le parece mentira verla así. Federico, a su lado, comenta risueño:

-Cierra la boca que te van a entrar las moscas… Vamos a sentarnos, así sirven la comida… Los invitados deben estar hambrientos…

Quimey, volviendo en sí, afirma y va en busca de su novia. La conduce a la silla que les han preparado. Cuando ambas parejas se sientan, los mozos entran a servir las mesas.

En un momento de la cena, Alfred se acerca y pregunta:

-¿Dónde irán de luna de miel?

Liese y Federico contestan en seguida:

-Queremos conocer los alrededores… Nos han dicho que hay lugares hermosos…

-Sí… -afirma Alfred-. ¡Es cierto! El sur argentino es espectacular… No se lo pierdan… -dirigiéndose a la otra pareja, hace la misma pregunta-: ¿Y ustedes?

Quimey y Wanda se miran. El muchacho habla entusiasmado:

-Lo primero que haremos es ir a nuestra casa de la reservación… Después ya lo decidiremos… Quizás acompañemos a la otra pareja…

-Mi amor… Ellos querrán estar solos…

-¡Tenés razón! ¡Y nosotros también…! –La besa embelesado–. No importa dónde vayamos… Lo importante es estar juntos, mi amor…

Alfred se aleja, moviendo su cabeza, pero a la vez admirando la felicidad de la pareja. Llega hasta Judith, la abraza y mirando a sus hijas, comenta sollozando:

-Es hermoso ver las gemelas tan felices después de tanto tiempo…

Judith se acurruca en los brazos masculinos:

-Sufrimos muchos años… pero esta felicidad compensa todo…

REFLEXIONES FINALES DE LA AUTORA

Aunque esta historia no es real, tengo la seguridad de que muchas personas se sentirán identificadas con ella.

Conozco casos, como los de Alfred y Judith, que oraron años por algún ser querido o un amigo íntimo y después de pasar mucho tiempo, el Señor contestó sus oraciones. También hay casos en que alguien oró toda su vida por la conversión de un hijo, sobrino o nieto y no pudieron ver contestadas sus oraciones mientras vivían, pero el Señor lo hizo aun después que ellos partieron a su presencia.

También habrá otros que se sientan identificados con Doris, que fue capaz de perdonar a su esposo a pesar de su infidelidad. Algunos pensarán que eso es imposible, pero conozco hermanos que fueron capaces de hacerlo.

O, como Wanda, que, a pesar de pasar por tantas pruebas, siguió conservando su buen humor y su esperanza, sin quejarse o enojarse por las circunstancias adversas que tuvo que sufrir.

También habrá alguien que sienta resentimiento hacia el Señor, como Quimey, por mandarle alguna prueba demasiado difícil de sobrellevar. Pero sabemos que Dios nunca nos dará un peso mayor que el que podamos soportar y siempre nos dará con él, la salida. Es más fácil decirlo que experimentarlo, pero es una verdad maravillosa. El Señor siempre es fiel a sus promesas.

Y aquellos que se sientan identificados con Federico o Bruno y crean que un pasado tan oscuro no puede ser perdonado, la hermosa noticia para ellos es que no hay pecado tan grande que la muerte de Cristo en la cruz no pueda perdonar.

Y, por último, quiero referirme a Ivone, Nehuel y Bruno, que fueron capaces de recibir como hijos propios a un bebé que no era de sus entrañas, pero que amaron y cuidaron como suyo. El Señor siempre recompensa ese amor.

Espero de todo corazón que este libro sea de bendición a sus lectores para gloria y honra del Señor.